मुस्कुराने की वजह
तुम हो

AF527613

मुस्कुराने की वजह तुम हो

अर्पित वगेरिया

प्रभात प्रकाशन

प्रकाशक

प्रभात प्रकाशन प्रा. लि.

4/19 आसफ अली रोड, नई दिल्ली–110002

फोन : 011–23289777 • हेल्पलाइन नं. : 7827007777

इ–मेल : prabhatbooks@gmail.com ❖ वेब ठिकाना : www.prabhatbooks.com

संस्करण

2025

सर्वाधिकार

सुरक्षित

अनुवाद

श्वेता भट्ट

मूल्य

तीन सौ पचास रुपए

मुद्रक

नरुला प्रिंटर्स, दिल्ली

MUSKURANE KI WAJAH TUM HO

novel by Arpit Vageria

(Hindi translation of 'YOU ARE MY REASON TO SMILE')

Published by **PRABHAT PRAKASHAN PVT. LTD.**

4/19 Asaf Ali Road, New Delhi-110002

by arrangement with Srishti Publishers

ISBN 978-93-5266-612-6

₹ 350.00

यह कहानी मेरे प्यार के लिए है।

यदि वह न होती, तो यह कहानी भी न होती।

आभार

जब मैं उन सब लोगों को धन्यवाद कहने की कोशिश करता हूँ, जिन्होंने इस पुस्तक की रचना करने में, या मेरे निजी जीवन में मेरी मदद की, तो मुझे कुछ समझ में नहीं आता। हर दूसरे आभार में, मैं कुछ नए लोगों को जोड़ता हूँ और कुछ पुराने नामों को हटा देता हूँ। यह जीवन की तरह है—आप नए दोस्तों के साथ आगे बढ़ते हैं, वे अपने नए दोस्तों के साथ आगे बढ़ते हैं, और इसी तरह आप अपनी दुनिया को अपने अनुकूल करते रहते हैं। बहरहाल, यह 'आभार' केवल इस पुस्तक के लिए है।

सबसे पहले मैं धन्यवाद कहना चाहूँगा, अपने दादाजी, श्री सोहल लाल वगेरिया को, उनके बिना शर्त, प्यार और आशीर्वाद के लिए; मेरी नानी श्रीमती विभूति बंदी को, हमेशा इतनी प्यारी और परवाह करनेवाली होने के लिए; मेरे माता-पिता श्री दिलीप वगेरिया और श्रीमती वंदना वगेरिया को, दुनिया की सबसे प्यारी जोड़ी होने के लिए और साथ ही उनके अंतहीन समर्थन और प्रोत्साहन के लिए; मेरे बड़े भाई अंकित वगेरिया को, मुश्किल समय में हमेशा मेरे साथ होने के लिए, मेरे रक्षक और सुबह दो बजे का साथी होने के लिए, और सबसे महत्त्वपूर्ण, इस कहानी का प्लाट सुझाने के लिए। आपके बिना यह उपन्यास संभव नहीं होता, भाई! मेरी भाभी डोनिका वगेरिया का, मुझमें अटूट विश्वास रखने के लिए; और दुनिया की सबसे प्यारी बच्ची, मेरी भतीजी माही का, वनीला आइसक्रीम के स्कूप की तरह प्यारी लगने के लिए और मेरे जीवन को अपनी मुस्कान से और समृद्ध बनाने के लिए। मैं उसके बारे में घंटों बात कर सकता हूँ। जब वह एक खूबसूरत

युवा महिला के रूप में बड़ी होकर यह पढ़ेगी, तो उसे बहुत गर्व होगा।

स्वप्निल कोठारी सर का, मैं जितना आभार व्यक्त करूँ, कम होगा, क्योंकि उन्होंने न सिर्फ मुझे निरंतर प्रेरित किया, बल्कि समझदारी से अपने शब्दों से चुभन को दूर रखते हुए मेरा मार्गदर्शन किया, और मेरे जीवन के हर चरण में मेरा साथ दिया और मुझे सही और गलत में अंतर बताया—व्यक्तिगत और पेशेवर, दोनों रूपों से। यदि मैं 1 प्रतिशत भी उनके जैसा बन पाया, तो मेरी जिंदगी बन जाएगी, और मुझे इस दुनिया से कोई पछतावा नहीं रह जाएगा। मैं उनसे पहले अपने जीवन में इतने विनम्र व्यक्ति और इतने अद्‍भुत विचारक से कभी नहीं मिला।

एक बड़ा सा शुक्रिया रेनेसांस और इंदौर इंडिया कॉलेज परिवारों के लिए, जिन्होंने हमेशा मुझे प्यार दिया।

कुछ ऐसे नाम जिनके बिना मैं अपना जीवन अधूरा और फीका मानता हूँ, वे हैं—अदिति सोलंकी, जिन्होंने सबसे पहले मेरे लेखन की प्रशंसा की और मुझे विश्वास दिलाया कि मैं लिख सकता हूँ और लोग मेरा लिखा हुआ पढ़ेंगे भी और पसंद भी करेंगे; रिद्धि और वंकुश, जो बेहतरीन इनसान हैं; नवोनील, जो मेरा सबसे अच्छा दोस्त है और जिसने मेरे जीवन के उतार-चढ़ाव में हमेशा मेरा साथ दिया है और मुझे हर संभव तरीके से समर्थन दिया है; रोहित रायकवार, अंकित जैन, पियूष शाह और रोमिल जैन, जो बहुत अच्छे फ्लैटमेट्स थे और जिन्होंने मुझे बहुत सारी अच्छी यादें दी हैं।

मैं बेहद भाग्यशाली हूँ कि मेरे जीवन में इतने प्यारे लोग हैं; जैसे रोहन रायकवार, मनोज पंजाबी, हिमांशु जैन, विनय सचदेवा, प्रमोद जायसवाल, प्रतीक पांचाल, प्रतीक व्यास, अरविंद विज, उल्हास बाविस्कर, दीप भंड, हेमंत रामचंदानी, जो मेरी दुनिया को बेहतर और ज्यादा दिलचस्प बनाते हैं।

मैं बेहद आभारी हूँ, अपने कजिंस विपिन भाई, आशीष भाई, मोनिका दी, श्वेता दी, स्नेह, नेहा, नमिता, शिखा, ऋषि, सर्वेश, रश्मि, मनन, प्रियेश, प्रियंका, मीत और साक्षी का। कुछ दोस्तों और विशेष लोगों का दिल से धन्यवाद, जिन्होंने मुझे जमीन पर रखा और जीवन को एक नए दृष्टिकोण से देखना सिखाया—बैरी जॉन सर, सौरभ सचदेवा सर, विनय अंजनिया और उनका बहुत प्यारा बेटा विधान, नवीन, मयंक, प्रीति मैम, कुलदीप, आयुष, मनीषा, आयुषी, शालिनी, सलोनी, कुशल, मिथुन, सुमित और करण।

धन्यवाद मेरे सभी पाठकों का मुझ पर विश्वास करने के लिए। मुझे वे सभी कमेंट्स, इ-मेल्स और मैसेजेस बहुत अच्छे लगते हैं, जो आप मुझे प्रतिदिन भेजते

हैं। मुझसे कड़ी मेहनत करवाने के लिए धन्यवाद। मैं आज जो कुछ भी हूँ, वह बनाने में आप लोगों का बहुत बड़ा हाथ है। अपना प्यार बढ़ाते रहिए। और सबसे खास शुक्रिया उस लड़की के लिए जो हमेशा के लिए मेरा प्यार है, हमेशा के लिए मेरी प्रतिबद्धता है—पूजा। और किसी चीज से ज्यादा, वह मुझे मेरे सपनों के करीब रखती है।

और अंत में अपने आप को मेरा शुक्रिया, इस अद्भुत नए उपन्यास को पूरा कर पाने के लिए···

16 जनवरी, 2012

जीवन में कई बार, जब आप खुद को पसंद और आवश्यकता के बीच संघर्ष करता पाते हैं, तो आपको शब्द कम पड़ जाते हैं। कभी आप अपने सहज ज्ञान की सुनते हैं और कभी अपने दिल की, लेकिन एक चीज जो इस दुनिया में ऑक्सीजन जितनी वास्तविक बनी रहती है, वह है—मुस्कुराहटों से भरी दुनिया, जिसकी आप अपने लिए कल्पना करते हैं।

एक दुनिया जो आपको जीने के लिए प्रेरित करती है, एक जीवन जो आपको प्यार करने के लिए प्रेरित करता है, और एक प्यार जो इस दुनिया में आपके जीवन को मजबूती देता है।

पल बीत रहे थे···लंबे पल, अनंत पल। कुछ देर इंतजार करने के बाद रणबीर ने फैसला किया कि वह सीढ़ियों से नीचे जाएगा और वह जरूरी फोन कॉल करने के लिए लिफ्ट आने तक नहीं रुकेगा। वह तेजी से सीढ़ियाँ उतर गया। उसकी आँखों में आँसू भर रहे थे और वह उन्हें छुपाने की पूरी कोशिश कर रहा था।

रणबीर के लिए, यह अनुभूति कुछ अजीब सी थी। पिछली बार वह इस तरह तब रोया था, जब अदा के उसका प्रस्ताव स्वीकार करने के बाद वह पहली बार उसके साथ डेटिंग कर रहा था।

रणबीर आपने हाथों से आँसुओं को रोकने की कोशिश करने लगा। जब वह सॉलिटेयर कॉर्पोरेट पार्क के ग्राउंड फ्लोर पर पहुँचा तो अच्छा-खासा अँधेरा हो चुका था। वह चुप था। वह अपने दिल की धड़कनों को शांत करने की कोशिश करते हुए सोचने लगा कि जो वह कहना चाहता था, उसे कहने का सबसे अच्छा तरीका क्या था।

उसने लगभग दो हफ्ते पहले अदा को फोन किया था। उस फोन कॉल में

दोनों के बीच एक बहुत चिड़चिड़ाहट भरी बहस हुई थी, जिसमें दोनों ने सामने वाले पर दूसरे को न समझने के निरर्थक से इलजाम लगाए थे। वहाँ खड़े-खड़े उसने उसे फोन करने का फैसला किया, लेकिन फिर हिचकिचाया और फोन काट दिया। कुछ घबराहट के साथ उसने दोबारा उसका नंबर मिलाया। उसने फोन अपनी आँखों के सामने रखा था। दूसरी ओर से कोई जवाब नहीं मिला और अंत में फोन की स्क्रिन हरी हो गई और कॉल अवधि का टाइमर शुरू हो गया।

रणबीर एक ही समय में व्यग्रता भी महसूस कर रहा था और उत्साह भी।

"हैलो," उधर से आवाज आई।

"कैसी हो तुम, अदा?" उसने कहा, लेकिन अदा उसकी बात नहीं सुन पाई; उसके शब्द एक बाइक के इंजन की गड़गड़ाहट में गुम हो गए।

"हैलो?" वह दोबारा बोली।

रणबीर तेजी से भाग कर एक कार पर बैठ गया। "कैसी हो तुम, अदा?"

"सीधे मुद्दे पर आओ," उसने उदासीनता से कहा।

"मैं तुम्हें कुछ बताना चाहता हूँ," उसने कहा और घबराहट के साथ मुस्कुराया। उसने अपने होंठ काटे और चारों ओर नजर घुमाकर देखा कि आस-पास कोई है तो नहीं।

"कुछ दिन पहले मैं बहुत बकवास सुन चुकी हूँ रणबीर। अब मुझे क्यों फोन कर रहे हो?"

रणबीर चुप रहा और अदा के आगे बोलने का इंतजार करने लगा।

"अच्छा बताओ मुझे, आज क्या खास बात है?" अदा ने थोड़ा शांत होते हुए कहा।

"ठीक है, सुनो। आज का दिन खास इसलिए है, क्योंकि मुझे लगता है मुझे अभी-अभी एक अच्छी नौकरी मिल गई है," वह एक साँस में बोल गया। पिछले कुछ दिनों की तुलना में वह आज काफी खुश लग रहा था।

कुछ देर के लिए चुप्पी छा गई।

दोनों बहुत देर तक उसी तरह चुपचाप रहे। रणबीर ने अपना फोन देखा।

"अदा? तुम हो न?"

"यू स्लाई (धूर्त)" उसने कहा और खुशी से जोर से हँसने लगी।

और अचानक, उन सारी भावनाओं को, जिन्हें उसने यह खबर सुनने के बाद से दबा रखा था, उसे अभिभूत कर दिया। इतने दिनों बाद उसकी हँसी की आवाज सुनकर रणबीर के चेहरे पर चमक आ गई।

"उस दिन की हमारी बहस के बाद आज तुम्हारी आवाज में खुशी देखकर मुझे किसी भी नाम से बुलाए जाने पर बुरा नहीं लगेगा। इस समय मुझे सबकुछ बहुत रूमानी लग रहा है," रणबीर हँसते हुए बोला।

"क्या मैं तुमसे कुछ पूछ सकती हूँ?"

"बिल्कुल। कुछ भी पूछ सकती हो," रणबीर ने उत्सुकता से कहा।

"मेरे फ्लैट में इस समय कोई भी नहीं है और मुझे लगता है हम इस कमाल की खुशखबरी के साथ अपना शीतयुद्ध खत्म करने में सफल रहे हैं। क्या तुम यहाँ आकर उस खोए हुए समय की भरपाई नहीं करना चाहोगे? मैं अपनी हॉट पैंट पहनकर बैठी हूँ और यह बहुत ही छोटी है।"

रणबीर हँसने लगा और उसे अपनी घबराहट गायब होती महसूस हुई। "ये उन चीजों में से है, जिनसे वैसे भी मेरा मन कभी नहीं भरता। मैंने पिछले कुछ दिनों से तुम्हारे बिना बहुत दु:खी जीवन बिताया है।"

"तुम बहुत बोलते हो।"

"जरूरी है। आज रात मुझे किसी को प्रभावित करना है। वैसे भी हमें मिले दो महीने हो गए हैं।"

अदा ने धीरे से हँसते हुए कहा, "मुझे यह सुनकर अच्छा लगा। जल्दी आना, बाय।"

अदा के फोन काटने तक वह काफी रोमांचित हो चुका था।

वास्तव में, रणबीर की खुशी का ठिकाना नहीं था। उसे अचानक बहुत स्पष्टता से महसूस हुआ कि उसे अदा से बात करने की कितनी कमी महसूस हो रही थी। बिना एक शब्द आगे कहे, उसने बाइक के शीशे में तिरछी नजर डाली और बाइक स्टार्ट कर दी। उसकी मुस्कुराहट उसके खुशी भरे आँसुओं को छुपा रही थी, जिनसे अंततः उसकी आँखें भर गई थीं। अब वह टूटे हुए दिल के साथ एक हारा हुआ इनसान नहीं था; वह ऐसा लड़का था, जो कभी कोशिश करना नहीं छोड़ता था। आज उसने खुद अपने खिलाफ जीत हासिल की थी।

*

27 नवंबर, 2011

रणबीर ने अपनी नौकरी छोड़ने की खबर सुनाई तो उनकी बातचीत के बीच एकाएक शांति छा गई।

"मैं तुमसे एक बात पूछूँ तो तुम्हें बुरा तो नहीं लगेगा?" उसने लगभग प्रयोगात्मक रूप से पूछा।

"यह तो सवाल पर निर्भर करता है, रणबीर," उसने अपना गुस्सा छुपाने की भरपूर कोशिश करते हुए जवाब दिया।

"तुम्हें इतना नाराज होने की जरूरत नहीं है, अदा। मैं सिर्फ सच्चाई बता रहा हूँ और अपने भविष्य की योजनाओं पर चर्चा कर रहा हूँ।"

"देखो, मैं पूरी कोशिश कर रही हूँ, ओके?"

"ओह," रणबीर ने गुस्से से एक भौंह उठाते हुए कहा, "मैं समझा। सॉरी। मैं सिर्फ तुम्हारे गुस्से की कल्पना कर रहा था," उसने कहा, लेकिन वह जानता था कि ऐसा होना ही था, क्योंकि उसने लगभग एक महीने से उससे ये बात छुपा रखी थी।

"मुझे इस बात से कोई परेशानी नहीं है कि तुम एक लेखक बनना चाहते हो।"

"मुझे ऐसा क्यों लग रहा है कि तुम मुझे और मेरे जीवन को अपने तरीके से चलाने की कोशिश कर रही हो?" रणबीर बोला।

"यह देखते हुए कि तुम हाल में अपना जीवन किस तरह से चलाते आ रहे हो, मुझे लगता है तुम्हारे दिमाग में कोई गैस है, जिसे एक समर्थन प्रणाली (सपोर्ट सिस्टम) की बहुत ज्यादा जरूरत है, जो तुम्हारे विचारों से अनावश्यक हवा बाहर निकाल दे और तुम फिर से सामान्य हो सको। मेरी इस छोटी सी कोशिश से खुश हो जाओ," उसने बनावटी हँसी के साथ कहा।

रणबीर ने फिर गुस्से से बालकनी की ओर नजर घुमा ली और बाहर चहकते पक्षियों को देखने का नाटक करने लगा। "अगर मैं कहूँ कि मैं बेरोजगार हूँ, लेकिन तुमसे बहुत प्यार करता हूँ, तो तुम क्या करोगी?"

"क्या मतलब है तुम्हारा?" उसने उत्सुकता से पूछा।

"मेरा मतलब, मैं अपनी पसंद का कोई काम पाने की पूरी कोशिश कर रहा हूँ। लेकिन मैं इस बारे में तुम्हें पक्के तौर पर नहीं बता सकता कि मुझे वह काम कब मिलेगा।"

"पहली बात, तुम ऐसा क्यों करना चाहोगे रणबीर? और दूसरी बात, यदि तुमने ऐसा करने का फैसला कर लिया है, तो तुम वास्तव में मेरी राय नहीं जानना चाहोगे।"

"इतनी अच्छी तनख्वाह वाली नौकरी इस तरह कौन छोड़ता है?" वह खुद से बुदबुदाई।

"क्योंकि मेरा जुनून कुछ और है और जो मैं कर रहा था, उसका उससे कोई लेना-देना नहीं है।"

"जुनून का वास्तविकता से बहुत कम वास्ता होता है, रणबीर, और वैसे भी तुम्हारा उपन्यास अगले साल छपने वाला है। वहाँ तुम अपने दिल की सुन रहे हो, लेकिन तुम इस बात को अनदेखा नहीं कर सकते कि हमारे देश में लेखकों की ज्यादा कमाई नहीं होती। इतने दिनों तक उदास होकर बेकार घूमने से अच्छा है कि तुम अपनी नौकरी पर वापस चले जाओ, और यह पक्की बात है।"

"तुम कॅरियर के बारे में मेरी पसंद की परवाह कैसे नहीं कर सकती अदा?" उसने कहा। वह समझ नहीं पा रहा था कि अदा ऐसा व्यवहार क्यों कर रही है।

"मुझे नहीं पता। शायद इसलिए कि तुम्हारे हमारे रिश्ते की ज्यादा परवाह नहीं है," उसने कहा और कंधे उचका दिए।

"इस तर्क से तो किसी भी बेरोजगार व्यक्ति को रिश्ते में रहने का अधिकार नहीं है। यह तो ऐसा हुआ कि वहाँ तुम नौकरी छोड़ो और यहाँ हम तुम्हें लात मार दें।"

"हे भगवान्, नहीं," उसने जल्दी से कहा। "अभी नहीं। मेरा मतलब, अगर तुम अपने बेतुके तर्क देना बंद नहीं करोगे तो मेरे हाथ में जो पहली चीज आएगी, वह मैं तुम्हारे सिर पर दे मारूँगी। मेरा मूड खराब है। और पता है क्या, मैं अभी जा रही हूँ; क्योंकि तुम्हारे विपरीत मेरे पास एक नौकरी है। और हाँ, मैं तब तक तुम्हारी कॉल्स नहीं लूँगी, जब तुम अपने लिए फिर से कोई असली नौकरी नहीं ढूँढ़ लेते। तुमने अभी-अभी मेरा जन्मदिन खराब कर दिया; तोहफे के लिए शुक्रिया।"

"जाओ। तुम अपने आप से संतुष्ट हो। किसी और के सपने और खुशी तुम्हारे लिए मायने नहीं रखते। आगे बढ़ो और जो मरजी हो करो। याद रखो, इस बार मैं तुम्हें कॉल नहीं करूँगा। अपने घमंड में जलती रहो, अमीरों में अमीर लड़की।"

उसने कोई जवाब नहीं दिया। उन शब्दों ने दोनों को चौंका दिया था। रणबीर ने ऐसी प्रतिक्रिया की अपेक्षा नहीं की थी और उसे एहसास हुआ कि उसके शब्द कुछ ज्यादा ही कठोर हो गए थे। उसे लगा कि वह बातचीत का अंत बेहतर तरीके से कर सकता था, और दो-एक ऐसे वाक्य बोल सकता था, जो निरर्थक होते हुए भी उसे शांत कर सकते थे। लेकिन जब वह गई तो उसने कुछ नहीं कहा। अदा ने कागज के एक टुकड़े पर कुछ लिखा और उसे टेलीविजन के पास रखकर चली गई।

"तुमने कहा था कि आज की रात को तुम खास बना दोगे; यह मेरे लिए एक झटका था, श्रीमान रणबीर। मेरे जन्मदिन की रात बरबाद करने के लिए शुक्रिया।"

रणबीर ने कागज पढ़ा तो उसकी आँख से आँसू की बूँद टपक पड़ी।

उसे चार मंजिल उतरकर नीचे जाने में सिर्फ एक मिनट लगा, और रणबीर उसे सुन्न होकर देखता रहा, जब तक कि वह उसकी आँखों से ओझल नहीं हो गई।

कुछ देर बाद, वह वापस अपने कमरे में गया और उस खूबसूरत कोलाज को नष्ट कर दिया, जो उसने अदा के लिए बनाया था। उसे बनाने में रणबीर को दस दिन लगे थे और उसमें उन दोनों की दस अलग-अलग और खास तसवीरें थीं। वह जानता था कि उसे नींद नहीं आएगी, इसलिए अगले दो मिनट तक उसने गुस्से में काँपते हाथों से कुछ लिखा और फिर घृणा और हताशा में उसे फाड़ डाला। ऐसा काम, जो वह अपना गुस्सा व्यक्त करने के लिए करता था। फिर वह अपने बिस्तर में चला गया और निराशा में बत्तियाँ बुझा दीं।

□

16 जनवरी, 2012

सुबह

रणबीर अदा के साथ हुए झगड़े को सौ बार पुनः जी चुका था, जिसकी यादें काफी अप्रिय थीं। ऊपर से अदा के साथ उसके लगाव और इस रिश्ते में उसकी भेद्यता उसे हमेशा एक रोना बच्चा बना देती थी। रणबीर ने अदा के माता-पिता के अलग होने और फिर व्यक्तिगत कारणों से दोबारा साथ आने की कहानियाँ सुनी हुई थीं। उसे डर था कि कहीं वह भी ऐसी ही स्थिति में न आ जाए।

अदा चाहती थी कि रणबीर जीवन में स्थिरता लाए और अपने कॅरियर में आगे बढ़े। रणबीर अपना सपना पूरा करना चाहता था। दोनों के बीच विचारों के इस मतभेद के कारण रणबीर को पूर्णकालिक कॅरियर के रूप में लेखन को चुनने के अपने सपने का बलिदान देना पड़ा।

सुबह-सुबह अपने बेडरूम के अँधेरे में तेज सिर दर्द से परेशान रणबीर ने अपने सिर को एक अतिरिक्त तकिए से दबा लिया, लेकिन तब भी वह कानों में आ रही संगीत की तेज आवाज को रोक नहीं पाया।

उसने अपना तकिया और कंबल एक ओर फेंका, और एक मिनट बाद, अपने दरवाजे को जोर से बंद करते हुए लक्ष्य के कमरे में घुस गया। वह संगीत की धुन पर थिरकता हुआ ऑफिस जाने के लिए तैयार हो रहा था। उसका कमरा उसके जॉर्जियो अरमानी परफ्यूम से महक रहा था, जिसने रणबीर के गुस्से को थोड़ा शांत कर दिया।

"अगर अगली बार तुम्हें सिर दर्द हो, तो मुझसे शराफत भरे व्यवहार की उम्मीद मत करना," रणबीर ने लक्ष्य को एक अदरक दिखाते हुए धमकी दी।

"ठीक है," उसने कहा। "जैसी तुम्हारी मरजी," लक्ष्य ने लापरवाही से कहा।

जैसे ही लक्ष्य ने जवाब दिया, रणबीर ने फैसला कर लिया कि उसके साथ

एक मौखिक युद्ध का समय आ गया था।

"तुम्हारी समस्या क्या है, लक्ष्य? मुझे इतना तेज सिर दर्द हो रहा है और तुम ई.डी.एम. पर कमर हिलाकर नाच रहे हो। तुम्हारा दिमाग खराब हो गया है क्या?"

"अच्छा, क्या मैंने इस महीने का किराया नहीं दिया है?"

"इसका मतलब यह नहीं है कि तुम फ्लैट में जो चाहोगे वो करोगे।"

"बिल्कुल नहीं···लेकिन मैं कर सकता हूँ···फ्लैट के अपने हिस्से में। ठीक है?"

लक्ष्य के चेहरे पर आत्मसंतुष्टि के भाव थे। रणबीर ने उसकी ओर देखा और कुछ पल चुप रहा। पिछली रात की ड्रिंक्स ने उसे सुस्त कर दिया था और उसके मुँह का स्वाद भी अजीब सा हो रहा था। वह लक्ष्य के श्रेष्ठता के रवैए को झेलने के मूड में नहीं था।

"देखो, मुझसे बेकार की बात मत करो। तुम सुबह इतनी जल्दी उठ गए, यह जानते हुए कि कल रात मैं पूरी तरह धुत्त हो गया था। और ऐसा नहीं है कि तुम जानते नहीं मेरे साथ क्या हो रहा है। इसलिए जाने दो।"

लक्ष्य ने कोकीन सूँघी और शांति से बोला, "तुम्हें देखकर मन में तुम्हारी मदद करने की इच्छा आना भी लगभग नामुमकिन है। जब से तुमने नौकरी छोड़ी है, तुम एक बेवकूफ की तरह बरताव कर रहे हो।"

"तो इसी बात पर इतना शोर हो रहा है? तब तो शायद मुझे इसकी आदत डालनी पड़ेगी," उसने अपनी भौंहें उठाईं और लक्ष्य की सुर्ख आँखों में घूरते हुए बोला।

"हाँ, बिल्कुल। तुम्हें एक हारे हुए आदमी की तरह बरताव करते देख मुझे तुम पर बहुत गुस्सा आ रहा है। एक महीने पहले तक तुम्हारा एक टाइमटेबल था और एक जीवन भी। अब तो लग रहा है कि तुम हाइबरनेशन में जा चुके हो। मैं समझता हूँ कि तुम कोई लिखने से संबंधित काम करना चाहते हो और उसके लिए बहुत कोशिश भी कर रहे हो। लेकिन जब काम न बन रहा हो, तो अपनी योजनाएँ होल्ड पर रखकर आगे बढ़ना चाहिए। तुम सिर्फ तेईस साल के हो।"

"ये बात है? तुमने इसके लिए मुझे बिस्तर से बाहर निकाला? अदा के बाद अब तुम भी मुझे ही गलत बता रहे हो? मैं वापस बिस्तर पर जा रहा हूँ। मेरा सिर सच में बहुत दुख रहा है, वैसे तुम्हें क्या फर्क पड़ता है।"

"बकवास मत करो। हर दिन मैं यह तेज संगीत बजाता हूँ, ताकि तुम उठ

जाओ और अपना दिन बेहतर तरीके से बिताओ, बजाय आलस में पड़े रहने के। मैं यह भी नहीं जानता कि तुम्हें याद है कि नहीं, लेकिन पिछली रात हमारी हाउस पार्टी के दौरान तुम जोर-जोर से रो रहे थे और लगभग सभी को बुरा-भला कह रहे थे। तुमने त्रिशा पर उलटी भी कर दी, लेकिन कोई बात नहीं। उसे इसकी आदत है। बात यह है कि मैं तुम्हें ऐसी जगह जाते नहीं देख सकता, जहाँ से कोई वापसी नहीं आता है, रणबीर," उसने गहन भावना के साथ कहा और शब्द उसके मुँह से निकलते गए।

रणबीर बिना एक शब्द बोले वहाँ एक मिनट और खड़ा रहा। आखिरकार उसने किसी और को वे बातें कहते सुन लिया था, जो वह हमेशा से जानता था। अभी भी, एक दिन ऐसा नहीं बीतता था, जब उसे नहीं लगता था कि काश वह घड़ी को पीछे ले जाकर जो हुआ उसे बदल सकता।

"तुम्हारे बिना यहाँ बहुत खाली लगता है, रणबीर," उसने कहा। "कुछ ऐसा जैसे किसी ने इस फ्लैट की आत्मा निकाल ली हो।"

कुछ ही शब्दों में, उसने वह चीज समझा दी थी, जो कोई और नहीं समझा सकता था। उसके किसी और दोस्त ने पहले कभी उसे इस भयानक एहसास के प्रति जाग्रत् नहीं किया था कि वह अपने स्वयं के व्यक्तित्व की आवाज भूल चुका था।

रणबीर लक्ष्य को बाहर जाते देखता रहा।

फिर वह किचन में गया, एक गिलास पानी पिया और तभी उसका ध्यान छोटे से जले के निशान पर गया। उसके दाहिने हाथ की अनामिका के ठीक नीचे, जो करीब दो सप्ताह पहले ठीक हो चुका था। जब अदा ने उसके फोन कॉल्स का जवाब नहीं दिया था तो उसने अपने हाथ में एक सिगरेट दबा ली थी।

"यदि तुम अपनी बेरोजगारी से ऊब चुके हो और मार्केटिंग मैनेजर की इस नौकरी के लिए आवेदन देना चाहते हो, तो 12 से 5 के बीच इस पते पर पहुँच जाओ। वृंदा से मिलना और मेरा संदर्भ देना। पता है : बी-301, सॉलिटेयर कॉर्पोरेट पार्क, अँधेरी'—लक्ष्य ने उसे संदेश भेजा था।

आखिरकार रणबीर के चेहरे पर मुस्कान आ गई। हवा में कुछ ठंडक आ गई थी। उसके समुद्र के सामने के फ्लैट में से हवा का एक झोंका गुजर गया था। लक्ष्य की उसके प्रति चिंता और मुश्किल हालातों में इस तरह के बिना शर्त समर्थन ने उसके दिल को छू लिया था।

दीवार घड़ी पर समय देखने के लिए वह एक कदम पीछे आया। ग्यारह बजे थे। अपने कमरे की ओर जाते हुए उसने फिर से संगीत चालू कर दिया। फिर उसने अपना तौलिया निकाला और बाथरूम में चला गया। लगभग दो महीने बाद वह एक नई शुरुआत करने जा रहा था।

*

16 जनवरी, 2012

शाम

शाम चहकते पक्षियों और पत्तों की सरसराहट से जीवंत थी। चाँद निकल आया था और उसकी दूधिया रोशनी में, रणबीर कंपनी की खुली छत वाली बालकनी में इंटरव्यू के तीन लंबे राउंड्स के बाद इंतजार कर रहा था। फिर उसे अंतिम राउंड के लिए अंदर बुलाया गया।

"हाय, रणबीर। कृपया बैठ जाएँ," वृंदा ने उसे बैठने का इशारा किया।

"धन्यवाद," उसने कहा और नजरें घुमाकर एच.आर. हेड के विशाल ऑफिस को ध्यान से देखने लगा।

"हम आपसे वह सबकुछ पूछ चुके हैं, जो हम आपके बारे में जानना चाहते थे, मुझे लगता है हमारे पास आपके लिए असिस्टेंट मैनेजर (मार्केटिंग + सेल्स) की पोस्ट है। आप कितनी सैलरी की उम्मीद कर रहे हैं?"

"मैं एक साल के अनुभव वाले व्यक्ति को भुगतान करने के इंडस्ट्री के मानकों के साथ जाना चाहता हूँ।"

"हाँ, लेकिन आप बिल्कुल अलग पृष्ठभूमि और इंडस्ट्री से आते हैं, इसलिए हमारे लिए आप लगभग नए जैसे हैं।"

रणबीर ने बात समझते हुए सिर हिलाया।

"हम आपको साढ़े चार लाख रुपए प्रति वर्ष का कुल पैकेज दे सकते हैं। लेकिन आपको बड़े इंसेंटिव कमाने का अवसर मिलेगा और आपके फील्ड के खर्च अलग होंगे," उसने च्युइंगम चबाते हुए कहा और अपनी भौंहें उठाकर उसकी ओर देखा, जैसे उसे जल्दी निर्णय लेने के लिए चेतावनी दे रही हो।

वह ऑफिस में पहली बार प्रवेश करते ही समझ गया था कि उसे मनचाहा पैकेज नहीं मिलेगा, लेकिन कुछ न कमाने से थोड़ा बहुत कमाना हमेशा बेहतर होता है। हालाँकि अपने दिल की गहराई में वह बहुत उत्साहित और आश्चर्यजनक रूप

से खुश महसूस कर रहा था।

"आप सिर्फ 23 साल के युवा हैं; आप इस अवसर की मदद से एक शानदार कॅरियर बना सकते हैं। इसके अलावा, यहाँ आपको वीकेंड्स पर छुट्टी मिलती है। क्या आपको सोचने के लिए कुछ समय चाहिए?"

"नहीं, मैं यहाँ काम करना चाहूँगा, वृंदा। मुझे यह मौका देने के लिए धन्यवाद।"

"बहुत बढ़िया। आपका इस कंपनी में स्वागत है। कल सुबह 9.30 पर रिपोर्ट करिए और फिर हम आगे बात करेंगे।"

रणबीर ने मुस्कुराकर सिर हिलाया और कमरे से बाहर निकल गया। उसने खिड़की से बाहर देखा। चाँद की दूधिया रोशनी में पेड़ चाँदी जैसे लगने लगे थे। आसमान तारों से भरा था और वह भावुकता से मुस्कुराते हुए उन्हें देखने लगा। लिफ्ट के ऊपर आने का इंतजार करते हुए वह अदा और नौकरी ढूँढ़ने के अपने पिछले दो महीने के संघर्ष के बारे में सोचने लगा। उसने नीचे पहुँचते ही उसे फोन करने का फैसला किया।

□

रणबीर अपने परिवार के साथ रहते हुए इंदौर में बड़ा हुआ था, लेकिन कुछ साल पहले कॅरियर की तलाश में वह मुंबई आ गया था। रणबीर हमेशा से एक उलझन में रहनेवाला बच्चा था, और विभिन्न कंपनियों के साथ दो-चार नौकरियाँ करने के बाद, जिन्होंने उसे बिल्कुल उत्साहित नहीं किया, उसने कई युवाओं की तरह अपने सपने का पीछा करने का फैसला कर लिया, जब एक प्रकाशक उसका उपन्यास छापने के लिए तैयार हो गया। वह एक मशहूर लेखक बनने के बारे में सोचने लगा, जो फिल्मों के लिए कहानियाँ लिखता हो, और इसकी कल्पना जीवन की संभावनाओं के रूप में भी करने लगा। जब पहली बार उसने अदा को बताया कि वह उनके रिश्ते पर एक उपन्यास लिख रहा था, तो उसे सुखद आश्चर्य हुआ और पहले कुछ अध्याय पढ़ने के बाद वह भावुक भी हो गई। इस समय यदि उसे किसी चीज का इंतजार था, तो वह हाथ में अपने उपन्यास की प्रति लेने का था।

एक साल पहले, उसने इसी तरह एक पार्टी दी थी, जब उसने अपना उपन्यास पूरा करके एक प्रकाशक के साथ अनुबंध पर हस्ताक्षर किया था, जो उसी साल अक्तूबर में उसे प्रकाशित करने को लेकर उत्साहित था।

रणबीर खिड़की के पास खड़ा हुआ लक्ष्य को हाउस पार्टी के बाद अपने दोस्तों के साथ जाता हुआ देख रहा था, जो रणबीर की नई नौकरी के उपलक्ष्य में थी। वह अपने आप में मुस्कुराते हुए सोच रहा था कि उन सब ने कितना अच्छा समय बिताया था। उसे अकसर लगता था कि दुनिया में बहुत से लोग दिखावे का जीवन जीते थे और इस प्रक्रिया में खुद को खो देते थे। उसे विश्वास था कि लक्ष्य उन लोगों में कभी शामिल नहीं होगा।

ऑफिस में पहला महीना रणबीर के लिए बहुत व्यस्त था और वह अदा से बिल्कुल नहीं मिल पाया था। दोनों हर घंटे दो-चार मिनट के लिए यूँ ही इधर-उधर की बात कर लेते थे और फिर अपने-अपने काम में लग जाते थे। नौकरी लगने के बाद से कई बार ऐसा हुआ कि उसकी अदा से मिलने की इच्छा हुई, लेकिन वह

उससे नहीं मिल पाया। बहरहाल, आज की शाम पहले ही पिछली कई शामों से ज्यादा यादगार बन चुकी थी, इसलिए उसने उसे और भी बेहतर बनाने का फैसला कर लिया।

वह एक बार फिर मुस्कुराया, और चाबियाँ जेब में रखते हुए मुड़ गया। चाँद की रोशनी में वह सीढ़ियाँ उतर गया और दिमाग में कुछ योजनाएँ बनाते हुए अपनी बाइक की ओर बढ़ गया।

अब यह था एक सप्ताहांत, रणबीर ने अपने आप से कहा। उसने अपनी जैकेट पहनी और बाइक सड़क पर दौड़ा दी। उस शनिवार की रात आईने में अपने चेहरे को देखकर रणबीर अब भी विश्वास नहीं कर पा रहा था कि उसे एक बार फिर उसकी मुस्कुराहट वापस मिल गई थी। वह दस मिनट में अदा के फ्लैट के नीचे पहुँच गया और वहाँ से उसे कॉल किया।

"हाय गॉर्जियस! क्या कर रही हो?"

"रणबीर, मैं इस समय किसी सामान्य इनसान की तरह सो रही हूँ। क्यों, क्या हुआ?" अदा ने जबरदस्ती आँखें खोलने की कोशिश करते हुए पूछा।

"क्या तुम अभी नीचे आ सकती हो?"

"नीचे? तुम्हारा मतलब तुम यहाँ मेरे अपार्टमेंट में हो?"

"हाँ, तुम्हें कोई परेशानी है?" रणबीर की आवाज में उत्साह था।

"हाँ, है तो; लेकिन फिर भी मैं यह जानने के लिए नीचे आऊँगी कि तुम्हारे दिमाग में क्या चल रहा है।"

"मैंने तुम्हें कितना मिस किया, अदा।" वह नीचे आई तो रणबीर ने उसे बाँहों में भर कर उसका माथा चूम लिया। वह अपने पैजामों में बेहद खूबसूरत लग रही थी।

"हाँ, हाँ, मैंने भी तुम्हें मिस किया। लेकिन तुम इतनी देर से क्यों आए?"

"मुझे लगता है हमें अपने रोज के बोरिंग कामों से छुट्टी लेकर लोनावला जाना चाहिए," उसने कहा। "हम मस्ती करेंगे।"

रणबीर जानता था कि यह कोई बहुत शानदार योजना नहीं थी, लेकिन उस समय वह इतना ही सोच पाया था।

"बिल्कुल नहीं," अदा ने कहा। "मैं उतनी दूर नहीं जाऊँगी। इतनी दूर सफर करने का कोई मतलब नहीं है, और वैसे भी मैं बहुत थक चुकी हूँ। मुझे सुबह जल्दी उठकर पैकिंग करनी है। मैं फ्लैट बदल रही हूँ।"

"अरे यार, ऐसा मत कहो। वैसे भी हमने काफी दिनों से साथ में ज्यादा समय नहीं बिताया है। मैं सच में आज रात तुम्हारे साथ रहना चाहता हूँ।"

"मैं भी," उसने कहा। "लेकिन मुझे कभी और वहाँ जाने में ज्यादा खुशी होगी," उसने असहमति जताते हुए अपनी नाक सिकोड़ी।

पल भर दोनों में से कोई नहीं बोला, बस रणबीर ने सिर हिला दिया।

"कुछ कहो न," अदा ने आग्रह किया। वह समझ रही थी कि रणबीर निराश हो गया है।

"गुड नाइट," उसने उदास स्वर में कहा।

"अब ऐसा मासूम चेहरा मत बनाओ। तुम जानते हो मुझ पर इसका जादू चल जाता है," उसने अपनी बाँहें मोड़कर उसके गाल को चूमा और बाइक पर उसके पीछे बैठ गई, "चलो चलते हैं।"

रणबीर हँसने लगा और बोला, "मुझे खुशी है तुम मान गई। थैंक्स।"

"मुझे मानना ही था। आई लव यू।"

"आई लव यू टू," रणबीर ने भी कहा। उसे बहुत खुशी महसूस हो रही थी। वह जानता था कि अदा में कुछ था, कुछ ऐसा जो बहुत ही दुर्लभ था, कुछ ऐसा जिसकी उसने पहले भी तलाश की थी, लेकिन उसे किसी और में नहीं मिला था।

अधिकांश समय, वे दुनिया भर की बातें करते रहे और उनका अच्छा मूड वैसा ही बना रहा। खोपोली के जंगलों में रणबीर ने बाइक धीमी करके अपना मोबाइल निकाला। उसने फोन को वाइब्रेट होते महसूस किया था और वह सोच रहा था कि इतनी रात किसने फोन किया होगा।

"मोबाइल चेक करने के लिए यह जगह सही नहीं है, रणबीर। मुझे डर लग रहा है," अदा ने चारों ओर देखते हुए कहा। उसे अँधेरे से डर लग रहा था।

रणबीर को एहसास हुआ कि फोन तो बजा ही नहीं था। और आगे कई किलोमीटर तक रोशनी भी नजर नहीं आ रही थी।

"ऐसी बात है तो मुझे यहाँ कुछ देर रुकने में खुशी होगी।"

बाइक के लंबे सफर से ब्रेक लेते हुए दोनों साथ खड़े रहे, बिना कुछ बोले, और फिर रणबीर ने एक छोटा सा कदम आगे बढ़ाया। अदा अपने नाइटसूट में थी, उसके बाल उलझे और बिखरे हुए थे, लेकिन फिर भी वह बहुत प्यारी लग रही थी।

इस बार, अदा चुंबन की उम्मीद कर रही थी और वह चाहती थी कि रणबीर पहल करे। वह उसके इतने करीब खड़े होने की खुशी से खुद को वंचित नहीं कर

सकती थी। रणबीर ने अपना सिर हलका सा झुकाया और उसके खूबसूरत होंठों को अपने होंठों के पास ले आया। वह अदा की आँखों में हैरानी देख सकता था।

वास्तव में वह एक प्यार से अधिक कुछ नहीं था, लेकिन उसके बाद वे बस एक-दूसरे को देखते रहे, ये सोचते हुए कि वह पल कितना अद्भुत था। रणबीर ने खुद को पीछे कर लिया और अपनी बाइक स्टार्ट करने के लिए मुड़ गया। अदा दौड़ती हुई उसके पास आई तो उसका खून उबल रहा था, "यह ठीक नहीं है, यह बिल्कुल ठीक नहीं है," वह उसके मुँह के पास बुदबुदाई।

"अब तुम्हें अँधेरे से डर नहीं लग रहा है?" रणबीर ने एक गहरी नजर से उसकी ओर देखा।

"नहीं लग रहा है, और क्या अब तुम मुझसे पूछताछ करना बंद करोगे?" उसने कहा और रणबीर ने धीरे से अपनी और खींच लिया। वह सहज रूप से उसके स्पर्श का मतलब समझ गई थी। कुछ देर के बाद वे लोनावला तक की यात्रा को जारी रखने के लिए चल दिए। भोर में तीन बजे लोनावला के लायन पॉइंट पर कुछ मजेदार खाना खाने के बाद उन्होंने वापसी यात्रा शुरू कर दी। लौटते समय दोनों में से कोई नहीं बोल रहा था, क्योंकि वे अभी भी उस खूबसूरत पलों में खोए थे, जो उन्होंने साझा किए थे और उन यादों में भी जो उन्होंने एक साथ बनाई थीं।

□

अप्रैल के पहले सप्ताह में गरमी अपने पूरे शबाब पर थी और तापमान 40 डिग्री सेल्सियस पार कर भी चुका था। महीने के अंत तक गरमी बरदाश्त के बाहर हो गई। मई की शुरुआत बेमौसम की ठंड के साथ हुई, एक ऐसी चीज जो पिछले एक दशक में नहीं हुई थी। एक सप्ताह बाद, गरमी की एक और लहर आई, जिसने मुंबई के लोगों के लिए भी मौसम को असहनीय रूप से गरम और आर्द्र बना दिया।

पूरी गरमियों के दौरान, रणबीर और अदा का रिश्ता स्वस्थ बना रहा, क्योंकि दोनों ने एक साथ अच्छा समय बिताया। दिनचर्या में स्थिरता आ जाने के कारण, अब वे लंच साथ में करने की कोशिश करते थे। रणबीर का ऑफिस सुबह दस बजे शुरू होता था और शाम सात बजे खत्म होता था। चूँकि वह मार्केटिंग विभाग में था और विभिन्न लोगों के साथ मीटिंगें करने के लिए ज्यादातर समय बाहर रहता था, इसलिए जब भी संभव होता था मीटिंगों और अदा के ऑफिस के बीच शटल करता रहता था।

उन चार महीनों के दौरान, रणबीर अदा को ऑफिस छोड़ने भी जाता था और वहाँ से लेने भी जाता था। वह खुद भी दी हुई समय-सीमा से पहले अपना काम पूरा करने में व्यस्त था। इस बीच अदा एक नए फ्लैट में शिफ्ट हो गई थी और उसकी अपनी फ्लैटमेट्स विजयश्री उर्फ वीजे और रिषिभा से अच्छी दोस्ती हो गई थी। वीजे फैशन डिजाइनिंग की ग्रेजुएट थी और रिषिभा, जो अमेरिका से लौटी एकल महिला थी, एक स्टार्ट-अप में मार्केटिंग प्रमुख थी।

रणबीर ने भी अपना प्रोबेशन पीरियड खत्म कर लिया था और अपने कॅरियर में आगे बढ़ रहा था। उसने अपने काम में आत्मविश्वास प्राप्त कर लिया था और कुछ ही महीनों में पदोन्नति प्राप्त करके टीम लीडर बन गया था।

लेकिन सबकुछ इतना सुखद प्रतीत होते हुए भी रणबीर को अपने रिश्ते में कहीं एक बेचैनी सी महसूस हो रही थी, जिसे वो पूरी तरह समझ नहीं पा रहा था। वह बेचैनी उसे कभी-कभी डरा देती थी और वह कुछ असहज सा हो जाता था।

लेकिन फिर वह हमेशा की तरह अदा से पूछता कि क्या उसे कोई चीज परेशान कर रही थी, और वह जवाब देती कि उसे अपनी कल्पना का उपयोग अपने उपन्यासों में करना चाहिए, रिश्ते में नहीं, क्योंकि दोनों के बीच सबकुछ बिल्कुल ठीक था और वह उसे बहुत प्यार करती थी।

गरमी का मौसम खत्म होते होते कंपनी में उसकी जिम्मेदारी बढ़ गई, जिसके कारण वह शनिवार की छुट्टी नहीं ले पाता था और कभी-कभार उनकी योजनाओं पर पानी फिर जाता था।

वह जून की एक शाम थी और रणबीर सोच में डूबा हुआ अदा की बालकनी में खड़ा था। वह हर प्रकार से आकर्षक लगने की पूरी कोशिश कर रहा था। उसने अपने जीवन में पहली बार टक्सोडो पहना था और बहुत तेजतर्रार और स्मार्ट लग रहा था।

"तुम्हें मेरे लिए यह सब करना बुरा तो नहीं लग रहा है न रणबीर?"

सच्चाई यह थी कि रणबीर सिर्फ 23 वर्ष का था और एक मध्यवर्गीय पृष्ठभूमि से आया था। उसका दिल निश्चित रूप से टूटा था, जब सिर्फ एक अवसर के लिए ब्लैकबेरी टक्सोडो खरीदने में उसके खाते से 20,000 रुपए निकल गए थे।

"मैंने तुमसे कहा है न कि तुम्हारे चेहरे पर यह खूबसूरत मुस्कान देखने के लिए मैं कुछ भी कर सकता हूँ," उसने कहा और अदा का माथा चूम लिया।

"मेरे लिए यह बात बहुत मायने रखती है, और तुम बहुत अच्छे लग रहे हो। मुझे विश्वास है मम्मी-पापा तुम्हें पसंद करेंगे," अदा ने कहा और उसे अपनी माँ की एक बार कही बात याद आ गई—'एक मर्द के बारे में राय उसके कपड़ों से बनाओ, उसकी मीठी बातों से नहीं, क्योंकि उसमें तो वे पहले से ही अच्छे होते हैं।"

रणबीर को अदा की मुस्कुराहट अच्छी लग रही थी और अदा को रणबीर का उसे एक लंबे पल तक लगातार देखते रहना, उस दिन उसे रणबीर की हर बात अच्छी लग रही थी। कभी-कभी वह खुद को उन दोनों के सपनों के घर का सपना देखते हुए भी पाती थी, जो एक समुद्र तट पर स्थित होता। उसे ये सोचना अच्छा लगता था कि वे आस-पास के लोगों में सबसे अमीर होंगे और उनके पास दुनिया का हर ऐशो-आराम होगा। वह सिर्फ आशा कर सकती थी कि रणबीर भी इन्हीं चीजों के बारे में सपने देखता होगा।

"तुम परेशान लग रहे हो," अदा ने आईने में रणबीर का प्रतिबिंब देखकर कहा। वह उसके कमरे में उसके पीछे खड़ा था, जबकि वह अपने मेकअप को अंतिम रूप दे रही थी।

"मैं हूँ परेशान।"

"लेकिन ये तो सिर्फ मम्मी-पापा के साथ एक डिनर है। इसमें परेशान होने की कोई बात नहीं है।"

हाथ में दो अलग रंगों की बो टाई पकड़कर वह सोच रहा था कौन सी पहने, और फिर उसने काली वाली का चुनाव किया।

"शायद तुम्हारे लिए नहीं होगी। तुम उन्हें जानती हो; आखिर वे तुम्हारे पेरेंट्स हैं। मैं उनसे सिर्फ एक बार मिला हूँ, दो साल पहले, जब हमने उन्हें एयरपोर्ट से लिया था और ज्यादा बात भी नहीं की थी। अगर उन पर मेरा अच्छा प्रभाव नहीं पड़ा तो?"

"चिंता मत करो। मैं खुद भी पिछले कुछ सालों में उनसे ज्यादा नहीं मिली हूँ। वे लोग वैसे भी अपने जीवन में बहुत व्यस्त हैं।" अदा ने उसके गले लगते हुए कहा। "मुझे विश्वास है, वे तुम्हें पसंद करेंगे।"

"लेकिन अगर मैंने उन पर बुरा प्रभाव डाला तो?"

"उन्हें कोई फर्क नहीं पड़ेगा। वे मुझे अच्छी तरह जानते हैं; अंत में निर्णय मेरा होगा, उनका नहीं।"

"ये सब मेरे लिए इतना तनावपूर्ण नहीं होता, अगर तुम मुझे उनसे मिलाने पहले ही ले गई होती। तुमने अपने पेरेंट्स के डिनर टेबल तक मुझे ले जाने में बहुत लंबा समय लगा दिया।"

"मुझे दोष मत दो। वे दिसंबर में यहाँ आए थे और उस समय तुम बिना शेव किया चेहरा और लंबे बाल लेकर बेरोजगार बैठे थे। तुम्हें उस समय उनसे मिलाकर मैं अपने भविष्य के साथ जोखिम नहीं ले सकती थी।"

"तो तुम अभी भी उस बात को लेकर शर्मिंदा हो या उसे भूल चुकी हो?"

"बेकार की बात मत करो। मेरा विश्वास करो···मेरा इरादा पूरी तरह स्वार्थी था, क्योंकि उनके सामने मैं तुम्हें हमेशा तुम्हारे सबसे अच्छे रूप में देखना चाहती हूँ।"

"क्या मुझे हमेशा इस बात की चिंता करनी पड़ेगी और उन अनकहे नियमों और शर्तों पर चलना पड़ेगा, जो तुमने मेरे लिए बनाए हैं?"

अदा ने आह भरी। "ठीक है, ये पहली और आखिरी बार होगा। पिछले कुछ सालों में तुम्हारे बारे में बहुत सारी बातें करके मैं पहले ही उन्हें काफी प्रभावित कर चुकी हूँ और वे इतने नासमझ नहीं हैं कि उनका इस ओर ध्यान न गया हो। लेकिन

मैं तुम्हें बता रही हूँ, हम भविष्य में बहुत शानदार समय बिताने वाले हैं।"

"तुम बात बदल रही हो, अदा।"

"मैं जानती हूँ, रणबीर। लेकिन तुम समझ क्यों नहीं रहे हो···मैं तुम्हें बहुत प्यार करती हूँ और चाहती हूँ कि तुम सहज और आत्मविश्वासी महसूस करो। हमें पाँच मिनट में निकलना है।"

अगले कुछ पल दोनों में से कोई नहीं बोला।

"तुम भी बहुत अच्छी लग रही हो, अदा।" उसने मुस्कुराकर अदा की आँखों में देखा।

"मुझे खुशी है कि तुम मुस्कुरा रहे हो। इसके लिए थैंक्स, और ये सब करने के लिए डिनर के बाद हमारे पास दुनिया भर का समय होगा।"

"खयाल अच्छा है," उसने कहा और एक मिनट बाद वे नीचे जाने के लिए लिफ्ट में थे, यह सोचते हुए कि सबकुछ ठीक होगा या नहीं। रणबीर ने रास्ते में रुककर अदा के मम्मी-पापा के लिए खूबसूरत सा बुके ले लिया। अदा ने संतुष्टि के साथ उसकी ओर देखा और वे लक्ष्य की वॉक्सवैगन पोलो में बैठ गए, जो रणबीर ने एक दिन के लिए उधार ली थी।

□

धीरे-धीरे शाम के गहराने के साथ अदा ने महसूस किया कि रणबीर की निगाहें उस पर सामान्य से कुछ ज्यादा देर तक टिकने लगी थीं। उसे आश्चर्य हुआ। लेकिन फिर, वह हमेशा से जानती थी, रणबीर को डेट करना शुरू करने के पहले से कि वह उसे ज्यादा प्यार करता था। वह उसे खुश करने के लिए हमेशा कुछ अतिरिक्त करने के लिए तैयार रहता था और अदा उसे पाकर खुश थी।

एक घंटे बाद, रणबीर और अदा वैलेट पार्किंग के लिए चाबियाँ देकर ताज लैंड्स ऐंड के मुख्य द्वार की ओर बढ़ रहे थे। अदा के पेरेंट्स आउटडोर टेबल पर बैठे थे और दोनों को अंदर आता देख रहे थे। उसके पापा एक जहरीले साँप की तरह लग रहे थे, जो रणबीर को काट कर मार डालना चाहता था।

"हाय बच्चों," उन्होंने कहा। "मुझे खुशी है कि तुम लोग आ पाए।"

अदा अपने मम्मी-पापा से कसकर गले मिली और फिर उसने रणबीर का परिचय कराया।

"आप लोग रणबीर से मिल चुके हैं, है न?"

"एयरपोर्ट पर," उसके पापा ने सहजता से कहा। "लेकिन उसको दो साल हो चुके हैं, और फिर उस दिन हम कई लोगों से मिले थे। कैसा चल रहा है, रणबीर?"

"अच्छा चल रहा है, शुक्रिया।" "आप लोग कैसे हैं?" उसने पूछा। वह अभी भी थोड़ा घबरा रहा था।

"वेल, हम लोग भी अच्छे हैं, रणबीर। तुमसे मिलकर खुशी हुई," अदा की माँ ने कहा और रेस्टोरेंट की ओर मुड़ गईं, "चलें हम लोग?"

"हाँ, बिल्कुल," उसने कहा और उसे एहसास हुआ कि उसने अभी तक उन्हें बुके नहीं दिया था। अदा ने उसे बुके देने का इशारा किया।

"ये आपके लिए है," उसने कहा और बुके अदा की मम्मी को दे दिया। उन्होंने मुस्कुराकर बुके ले लिया, "थैंक्स, रणबीर। बहुत सुंदर है।"

वे रेस्टोरेंट के अंदर जाकर एक टेबल पर आराम से बैठ गए, जहाँ से समुद्र

का दृश्य साफ दिखाई दे रहा था। अदा शरमाती हुई अपनी माँ के पास बैठ गई। उसकी माँ ने उसकी ओर झुककर उसका माथा चूम लिया। पाँच लंबे मिनटों तक वे परिवार और अन्य चीजों के बारे में बात करते रहे, और तभी वेटर वाइन ले आया। उस पूरे समय के दौरान रणबीर मुस्कुराता रहा।

"अच्छा रणबीर, अब तुम्हारी बारी।"

"और ये आई—पूछताछ की बारी," उसने कहा तो सब हँसने लगे।

"अच्छा हम तुम्हारी नौकरी के बारे में तो जानते हैं, क्योंकि अदा हमें उसके बारे में पहले ही बता चुकी है। लेकिन मैं तुम्हारे बारे में थोड़ा-बहुत और जानना पसंद करूँगा, इस बात के अलावा कि तुम एक उपन्यास भी लिख रहे हो।"

"शायद यही सबकुछ हो, जो मैं अपने बारे में कहना चाहता हूँ।"

"तुम्हारी भविष्य के लिए योजनाएँ क्या हैं? तुम अपना पोस्ट ग्रेजुएशन कब करोगे?"

"ओह, मैं दोबारा कॉलेज नहीं जानेवाला हूँ।" रणबीर ने यह बात बहुत विश्वास के साथ कही थी, क्योंकि भले ही उसे यह नहीं पता था कि वह क्या करना चाहता है, लेकिन वह यह निश्चित रूप से जानता था कि उसे क्या नहीं करना था।

"ओह," अदा की माँ बोलीं। "क्या तुम्हें नहीं लगता कि तुम्हें उसकी जरूरत है?"

"नहीं, मैं ये नहीं कह रहा हूँ। मेरा मतलब है, मैंने कैट की परीक्षा दी थी।"

"नहीं, मैं कहूँगा कि तुम्हें उससे निराश नहीं होना चाहिए। मेरा मतलब है, हर कोई उस परीक्षा में सफल नहीं हो सकता। ये काफी मुश्किल होती है," अदा के पापा ने यह सोचकर बीच में टोका कि वह कैट में असफल रहा था।

"वेल, मेरे तो 99.3 परसेंटाइल आए थे," उसने शरमाते हुए कहा, इस कोशिश के साथ कि वह अभिमानी न लगे।

"यह तो बहुत ही बढ़िया स्कोर है रणबीर। ऐसे स्कोर के साथ तो तुम्हें आई.आई.एम. में एडमिशन मिल सकता है," उसकी माँ ने साफ-साफ हैरानी के साथ कहा।

"शायद, लेकिन मुझे फिक्शन नॉवेल्स लिखना पसंद है और मेरा परिवार मेरे साथ है।"

"बहुत अच्छी बात है। और इसमें कुछ गलत भी नहीं है," अदा के पापा बोले।

"हाँ, मुझे बहुत ज्यादा की जरूरत नहीं है—अच्छा खाना, मेरा परिवार, मेरे दोस्त और एक अच्छी लड़की, जिसके पास मैं घर लौटूँ।"

"यह आज के मॉडर्न समय की रोमांटिक सोच है, रणबीर। लेकिन क्या मैं तुम्हें एक सलाह दे सकता हूँ?"

"अरे नहीं, पापा," अदा ने टोका।

उन्होंने उसके टोकने पर ध्यान नहीं दिया और अपनी बात जारी रखी। "मैं एक ऐसे आदमी के रूप में बोल रहा हूँ, जिसे काम करते हुए 30 साल से ज्यादा हो गए हैं," उन्होंने कहा और रणबीर मुस्कुरा कर बोला, "बिल्कुल।"

वे आगे बोले, "किसी चीज के लिए जुनून होना बहुत अच्छी बात है, लेकिन जीवन में सिर्फ जुनून की जरूरत नहीं होती। आपको और चीजों की भी जरूरत होती है, जैसे मुंबई में अपना एक फ्लैट, एक शानदार कार, एक अच्छी जीवनशैली और समाज में एक अच्छी हैसियत, जो आपको सिर्फ उपन्यास लिखकर नहीं मिल सकती।"

रणबीर बेचैनी और असहमति में अपनी गोद में रखी उँगलियाँ ठकठकाने लगा।

"मैं समझ गया। मुझे विश्वास है कि एक दिन मेरे पास ये सभी चीजें होंगी, लेकिन फिर भी मेरा मानना है कि इनसान का जुनून पहले आता है। आप समझ रहे हैं? अगर जुनून पूरा हो जाता है तो आप सबसे ज्यादा खुश होते हैं और अंत में उससे ज्यादा महत्त्वपूर्ण क्या हो सकता है?"

अदा के पापा असहमति में एक बनावटी हँसी हँसे।

"जानते हैं, मैंने ये सब अपनी आँखों से देखा है। मैं जानता हूँ कि सपना पूरा होने पर कैसा महसूस होता है, और यह भी जानता हूँ कि सपना पूरा न होने पर कैसा महसूस होता है। इसलिए मैं पहले अपने सपने के पीछे जाना पसंद करूँगा," रणबीर ने सोचते हुए कहा।

"तो तुम पहले भी अपने सपनों का पीछा कर चुके हो?" अदा के पापा ने पूछा।

"नहीं, नहीं," वह मुस्कुराया। "लेकिन मेरे दोस्तों ने किया है। एक पायलट बनने का सपना देखता था, दूसरा न्यूज एंकर बनने का, और यह समझ में भी आता था। मैं जानता हूँ कि मैंने अपने लिए जो रास्ता चुना है, वह आसान नहीं है और छोटा भी नहीं है, लेकिन फिर भी मैं यही करना चाहता हूँ। अपने सपने को पाना

चाहता हूँ। ऐसा सपना जिसके लिए आप लड़ते हैं, जिसे आप हमेशा सबसे पहले रखते हैं। जो आपके मन में अच्छा बनने की और हमेशा बेहतर करने की इच्छा पैदा करता है। और ऐसा हर उस छोटे सपने के साथ नहीं है, जो मैं देखता हूँ, बल्कि 'उस एक सपने' के साथ है, जो मेरा है। और जब मैं उसे पूरा कर लूँगा, तो मेरे लिए वही सबकुछ होगा, जिसकी मुझे जीवन में जरूरत है। मुझे विश्वास है कि जो लोग मेरे करीब हैं, वे मुझे समझ जाएँगे।"

"बड़े सपने और कोई योजना नहीं, सुनने में बहुत अच्छा लग रहा है," उसके पापा ने व्यंग्य से कहा।

"शायद मुझे कहना चाहिए था कि इस साल मैं आई.आई.एम. जा रहा हूँ," रणबीर ने भी व्यंग्य से जवाब दिया।

"हाँ, तुम्हें सच में यही कहना चाहिए था।"

"वह ऐसा सिर्फ इसलिए कह रहा है, क्योंकि आपने उसे कहने पर मजबूर कर दिया। अब बेचारे बच्चे को छोड़ दीजिए," अदा की माँ ने तनाव कम करने की दृष्टि से हस्तक्षेप किया।

कुछ पल की चुप्पी के बाद अदा की माँ बोलीं, "मुझे आशा है तुम उस सपने को पूरा कर लोगे, रणबीर।"

"थैंक यू। मेरा मतलब है, अंकल ने भी यही किया था, और अपने बल पर इतना बड़ा बिजनेस खड़ा कर लिया। मैं भी आशा करता हूँ कि अपने सपने के साथ कुछ अच्छा कर पाऊँ।"

"सपनों के लिए!" अदा ने टोस्ट के लिए अपना वाइन का गिलास उठाया, ताकि रणबीर और उसके पापा का ध्यान दूसरी ओर कर सके।

सबने एक साथ जवाब दिया और अपने गिलास टकराए, "टू ड्रीम्स!"

अगले पंद्रह मिनट में अदा के बचपन की बातों और उसकी शैतानियों की हलकी-फुलकी बातों के बीच उन्होंने अपना खाना खत्म कर लिया। रणबीर अपने ऑफिस के किस्से सुनाकर उन्हें हँसाता रहा। उसने जानबूझकर ऐसा किया, ताकि शाम एक खुशनुमा नोट पर खत्म हो।

अदा के मम्मी-पापा को एयरपोर्ट छोड़कर और उन्हें अलविदा कहकर जब वे वापस लौट रहे थे तो दोनों के दिमाग में अदा के पापा और रणबीर के बीच की बातचीत बार-बार गूँज रही थी। और अब, पिछले कुछ महीनों में पहली बार, उन्हें कार के अंदर की हवा में एक तनाव सा महसूस हो रहा था, जिसका कारण आसानी

से समझा पाने में दोनों ही असमर्थ थे। लेकिन तनाव था, और उसी ने दोनों को इतना शांत रखा हुआ था। वे एक शब्द भी बोले बिना रणबीर के फ्लैट पहुँच गए। दोनों ने फ्लैट में प्रवेश किया लेकिन रणबीर का अदा से बात करने का मन नहीं हुआ। अदा का भी वही हाल था। रणबीर ने एक अजीब सी दूरी बनाई हुई थी, जिसकी वजह से उसका भी मूड खराब था। जो अदा के पेरेंट्स के साथ एक अनौपचारिक, दोस्ताना सा डिनर होनेवाला था, रणबीर निश्चित रूप से जान गया था कि वह उससे कहीं गंभीर मुद्दा बन गया था।

अदा सोच रही थी कि क्यों वे चीजें, जिनके बारे में रणबीर ने चर्चा नहीं की थी, अचानक इतनी महत्त्वपूर्ण लगने लगी थीं और उसे उन पर चर्चा करने की जरूरत महसूस होने लगी थी। उसने एक गहरी साँस ली और कहा, "रणबीर तुम बात क्यों नहीं कर रहे हो?"

"मैं बात नहीं करना चाहता। बात करने के लिए कुछ है भी नहीं।"

"अच्छा चलो, इतने आत्मसंतुष्ट मत बनो। और तुम अच्छी तरह जानते हो कि आज तुम अपने असली रूप में नहीं थे।"

"अच्छा, सच में? तुम्हें इस बात का एहसास तुम्हारे पापा के साथ हुई लंबी बातचीत के बाद हुआ? वैसे ये तो एक साधारण सा डिनर होनेवाला था न? नहीं?" उसकी आँखें कुछ फैल गईं।

"रणबीर, भले ही उन्होंने तुमसे तुम्हारी भविष्य की योजनाओं के बारे में कुछ पूछा था, लेकिन तुम तो बात को थोड़े बेहतर तरीके से सँभाल सकते थे। तुम्हें नहीं लगता कि आज तुम मेरे पापा के साथ कुछ ज्यादा ही रूखे थे?"

अदा को उसकी आँखों में गुस्सा दिखाई दिया।

"तुम्हारा दिमाग खराब हो गया है या फिर तुम सिर्फ एक पक्षपाती और पिता के प्यार में अंधी बेटी बन रही हो?" उसने पूछा।

"नहीं, रणबीर। मैं न तो पक्षपात कर रही हूँ, न ही मेरा दिमाग खराब है। मैं ऐसा इसलिए कह रही हूँ, क्योंकि मैंने तुम्हें अधीर होते देखा था और उनके सवालों पर तुम्हारे जवाब भी सुने थे।"

अपना सिर हिलाते हुए रणबीर ने एक गहरी साँस छोड़ी और बोला, "मैं इस बारे में बात नहीं करना चाहता।"

"क्यों?"

"अदा, शायद तुमने अपने पापा को मुझसे ऐसे सवालों और तर्कों से पूछताछ

करते नहीं सुना था, जो सिर्फ उन्हें सही लग रहे थे।"

"इसमें कुछ गलत नहीं है। उन्हें सिर्फ मेरी चिंता है, और मुझे बिल्कुल पसंद नहीं है कि मेरे पापा के बारे में कोई ऐसे बात करे।"

"अब तुम समझी कि मैं इस बारे में क्यों बात नहीं करना चाहता?"

"तुम खुद से कुछ ज्यादा ही आत्मसंतुष्ट हो रणबीर। तुम कभी नहीं मानोगे कि तुम भी कभी-कभी गलत हो सकते हो। और मेरे पापा गलत नहीं थे। लिखने से ज्यादा कमाई नहीं होती और कभी नहीं होगी।"

"तुम कौन होती हो मुझे बताने वाली कि मैं गलत हूँ या सही, जब तुम खुद भी अपने पापा के व्यवहार के बारे में बार करते समय पक्षपाती हो जाती हो? असल में तुम मुझे कितनी अच्छी तरह जानती हो? क्या मेरे सपनों की कोई कीमत नहीं है? और सबसे महत्त्वपूर्ण बात, हम यहाँ से कहाँ जा रहे हैं, जब तुम अपने पापा के सामने मेरा साथ भी नहीं दे सकती?"

एक बार फिर चुप्पी छा गई। इस बार और घातक। वह जानता था कि अदा के पास उसके किसी भी सवाल का जवाब नहीं होगा, लेकिन अत्यंत अहंकारी होने के कारण वह उसके तर्कों को स्वीकार नहीं करेगी। रणबीर कपड़े बदलने अपने कमरे में चला गया और कुछ देर बाद पैजामे में बाहर आ गया। उसने देखा कि अदा वहाँ नहीं थी। उसने खिड़की से झाँका तो वह कैब में बैठ चुकी थी। जब उसकी नजर एक बार फिर अपने कमरे पर पड़ी, तो उसने दोनों की तसवीर लगा एक फ्रेम देखा और उसे एहसास हुआ कि वह उससे कितना प्यार करता था। पिछले कुछ घंटे किसी-न-किसी तरह उसके जीवन पर हमेशा के लिए निशान छोड़ने वाले थे, और वह भी अच्छे कारणों के लिए नहीं!

□

पिछली रात की घटना से उठा धुआँ अभी भी उसके अंदर उठ रहा था, और ऐसे समय में, वह हमेशा अपने दिमाग को हास्यास्पद विचारों के साथ व्यस्त रखता था। वह हमेशा उस महीन रेखा को पार कर लेता था, जहाँ वह लगभग भूल जाता था कि अदा उसके जीवन का एक हिस्सा थी, उसका पूरा जीवन नहीं। वह कभी-कभी सोचता था कि उसकी भावनाएँ और अहम् बहुत पहले दफन हो चुके थे, वह अहम्, जिसका सामना अदा ने कभी नहीं किया था और भावनाएँ, जो सिर्फ अदा के लिए थीं।

अगले हफ्ते, जब एक सुबह रणबीर कॉफी पी रहा था, तो लक्ष्य उसके कमरे में आया।

"हाय! अच्छा है कि तुम जाग रहे हो," लक्ष्य ने कहा।

जब रणबीर कुछ नहीं बोला, तो लक्ष्य ने उसके पास जाकर उसके कंधे पर थपकी दी। "क्या सोच रहे हो?" उसने मुस्कुरा कर पूछा। उनकी नजरें सिर्फ एक पल के लिए मिलीं और लक्ष्य दूसरी ओर देखने लगा।

एक पल के लिए लक्ष्य को लगा कि रणबीर किसी भी समय रोने लगेगा, लेकिन खुशकिस्मती से ऐसा नहीं हुआ।

"बहुत प्यारी सुबह है, है न?" लक्ष्य ने पूछा।

"हाँ, है।"

"तो उसकी सराहना करने के लिए तुम मुस्कुराता चेहरा क्यों नहीं रख सकते? जानते हो, तुम्हारे जीवन में चाहे जो हो रहा हो, मैं चाहता हूँ कि तुम कुछ चीजों को जाने दो और खुश रहो।"

"और मैं यह कैसे करूँ?"

"अपने आप को व्यस्त रखो, मेरे साथ बाहर चलो। मैं तुम्हें अपनी कुछ अच्छी महिला दोस्तों से मिलवाता हूँ।"

"उसकी कोई जरूरत नहीं है, लक्ष्य। थैंक यू।"

"मुझे नहीं पता तुम्हें अपने जीवन में हर चीज को किनारे रखकर अदा को प्राथमिकता क्यों देनी होती है।"

"हाँ, मैं देता हूँ। और मैं अच्छी तरह जानता हूँ कि मैं ऐसा क्यों करता हूँ। मैं एक भावुक बेवकूफ हूँ और वह इस बात को मेरे खिलाफ इस्तेमाल करना अच्छी तरह जानती है," रणबीर ने ठंडे स्वर में कहा।

"लेकिन अगर तुम इसी रास्ते पर चलते रहे तो एक दिन पछताओगे रणबीर। समझ रहे हो तुम?" लक्ष्य ने चिंतित स्वर में कहा।

"तो मैं क्या करूँ? चेहरे पर एक नकली मुस्कुराहट लेकर घूमता रहूँ और दिखाऊँ कि मुझे इससे कोई फर्क नहीं पड़ता?"

"मुझ पर गुस्सा मत करो। विश्वास करो, जब मैं हर सुबह तुम्हारे पास आता हूँ और तुम्हारे चेहरे पर मुस्कान लाने की कोशिश करता हूँ, तो मैं जानता हूँ कि तुम्हें कैसा महसूस होता है, क्योंकि कुछ समय पहले मैं भी ऐसा ही महसूस कर रहा था और तुम मेरे चेहरे पर मुस्कान लाए थे।"

"मैं तुम्हें कभी नहीं बता पाऊँगा कि तुम मेरे लिए जो कर रहे हो, उसकी मैं कितनी सराहना करता हूँ, लक्ष्य। लेकिन तुम्हें यह भी समझना चाहिए कि हम अलग-अलग लोग हैं और मेरा रिश्ता तुम्हारे रिश्ते से कहीं ज्यादा गंभीर था। मेरे लिए यह आसान नहीं है। मैंने उसे बहुत प्यार किया है...वह मेरे लिए बहुत महत्त्वपूर्ण है। मुझे उसके साथ इतना कठोर नहीं होना चाहिए था।"

"तुम उसके लिए महत्त्वपूर्ण नहीं हो, रणबीर।"

"ऐसा मत कहो," रणबीर आहत हो गया।

"लेकिन यह सच है, है कि नहीं? इस बार तुम खुद को ऐसी गलती के लिए दोष दे रहे हो, जो तुमने की ही नहीं है। तुमने उसे सबकुछ दिया—अपना समय, अपना प्यार, यहाँ तक कि उसके लिए अपना अहम् भी छोड़ दिया, जो मैंने तुम्हें नहीं छोड़ने दिया होता। वह तुम्हारे लायक नहीं है।"

रणबीर कुछ देर और चुप रहा। बहुत सोचने-समझने के बाद उसने कहा, "तुम ठीक कह रहे हो," उसने स्वीकार किया। मेरे लिए यह आसान नहीं है। मैं जितनी कोशिश करता हूँ कि उसके बारे में न सोचूँ, उतना ही उसके साथ बिताया गया खूबसूरत समय मुझे याद आता है। मेरा विश्वास करो, मैंने पहले कभी किसी से इतना प्यार नहीं किया है, कम-से-कम सच्चा प्यार तो नहीं किया है। मैं नहीं जानता मैं तुम्हें और क्या कह सकता हूँ, सिवाय इसके कि मैं अदा के बिना अपना

बाकी जीवन बिताने के बारे में सोच भी नहीं सकता।"

उसने परेशान होकर अपने बालों में हाथ फिराया।

"शायद तुम्हें लग रहा हो कि मैं पागल हो गया हूँ, लेकिन मैं इससे ज्यादा गंभीर किसी चीज के बारे में नहीं हुआ हूँ," रणबीर ने लक्ष्य को यह समझाने का कि अदा उसके लिए क्या मायने रखती थी, एक अंतिम प्रयास करते हुए कहा।

काफी देर तक दोनों में से कोई कुछ नहीं बोला। रणबीर का दिमाग घूम रहा था और वह अदा के पास जाकर माफी माँगने के लिए बेताब हो रहा था।

"मुझे तुम अच्छे लगते हो भाई, सच में। सबकुछ ठीक हो जाएगा। अगर तुम्हें कोई चिंता सताती है, तो तुम जानते हो कि तुम्हें सिर्फ एक गाली देने की देर है और मैं सेक्सी लड़कियों को लेकर आ जाऊँगा," उसने मुस्कुराकर कहा।

"बेशक," जवाब में रणबीर भी मुस्कुरा दिया और इससे पहले कि लक्ष्य कमरे से बाहर जाता, उसे गले लगा लिया।

लक्ष्य के जाने के बाद रणबीर परेशान होकर खड़ा रहा। वह पहले भी इस स्थिति में आ चुका था और उसे अपने आत्मसम्मान और प्यार के बीच चुनाव करना था। उसने हमेशा प्यार को चुना था।

रणबीर ने पिछले हफ्ते उसे कई बार फोन किया था, लेकिन उसने जवाब नहीं दिया था। इस रिश्ते में बढ़ते हुए, उसने हमेशा नियम बनाने की कोशिश की थी और रणबीर को उनका पालन करने के लिए मजबूर किया था। बाहर इतना खूबसूरत दिन होने के बावजूद, वह इस सच्चाई से नहीं बच सकता था कि वह खुश नहीं था। उसे वास्तव में जो काम करना था, वह था अदा के पास जाकर बिना ज्यादा दिमाग लगाए उस दिन के बरताव के लिए माफी माँगना, क्योंकि अदा कभी भी अपनी गलती मान कर उसे फोन नहीं करनेवाली थी।

□

सॉलिटेयर कॉर्पोरेट की पार्किंग लगभग भर चुकी थी, क्योंकि वह ऑफिस देर से पहुँचा था। रणबीर ने अपनी बाइक एक ओर पार्क करके अपनी घड़ी पर नजर डाली; वह 45 मिनट लेट हो चुका था। लिफ्ट के नीचे आने का इंतजार न करके वह सीढ़ियों से अपनी तीसरी मंजिल के ऑफिस की ओर भागा। तेजी से साँस लेते हुए, वह अपने एड्रेनालाइन को उछलते हुए महसूस कर सकता था, हालाँकि इस बार घबराहट से उसके हाथ भी काँप रहे थे, क्योंकि वह एक समीक्षा मीटिंग के लिए बहुत देर से पहुँचा था।

कुछ मिनट बाद वह अपने कक्ष में पहुँचा और देखा कि मीटिंग शुरू हो चुकी थी। उसने कॉन्फ्रेंस रूम की ओर कदम बढ़ाए, जहाँ दस कर्मचारी, जिनमें उसके जोनल और रीजनल प्रमुख भी शामिल थे, बैठे थे। रणबीर बैठ गया और अपने रीजनल हेड राजीव के बोलने का इंतजार करने लगा। लेकिन राजीव ने उसे सिर्फ एक अप्रिय नजर से देखा और उसके सहयोगी मिलिंद को ग्रिल करना जारी रखा। अपना सिर झुकाए, मिलिंद अपने प्रदर्शन को लेकर शर्मिंदा होता रहा, जो कि आवंटित लक्ष्य का पचास प्रतिशत भी नहीं था।

रणबीर सोना चाहता था; उसे नींद लेने की आवश्यकता थी, लेकिन इतनी थकावट के बावजूद, वह जानता था कि एक झपकी उस दिन उसकी नौकरी को खतरे में डाल सकती थी, क्योंकि पिछले महीने में वह सफलता का उदाहरण नहीं रहा था, उसका प्रदर्शन एक बुरे सपने की तरह था।

उसने राजीव को अपना प्रदर्शन चार्ट उठाते देखा, मिलिंद के दस बार लक्ष्य हासिल करने का बिल्कुल रूढ़िवादी तरीके से यह कहते हुए वादा करने के बाद कि "मैं अपनी संभावनाओं में वृद्धि करके एक नया बाजार हासिल करूँगा, और सुनिश्चित करूँगा कि इस बार आपको निराश न करूँ, सर।"

रणबीर को अपना पसीने से भरा हाथ अचानक मेज से फिसलता महसूस हुआ।

"मैं माफी चाहता हूँ। मैं जानता हूँ कि मैं थोड़ा लेट हूँ, लेकिन आज सुबह ट्रैफिक की हालत कुछ ज्यादा ही खराब थी, राजीव," रणबीर ने कहा तो राजीव ने उसे आतंकित करनेवाली नजरों से देखा।

"रणबीर, पहले मुझे तुम्हारा पिछले महीने का प्रदर्शन देखने दो और फिर हम चर्चा करेंगे कि क्या मुंबई में ट्रैफिक का सामना करना इतना असामान्य है?" राजीव ने व्यंग्यात्मक स्वर में कहा।

एक मिनट बाद, जब एक छह फीट लंबी स्क्रिन पर सबके सामने सी.आर.एम. खुला तो राजीव ने पूछा, "वैसे, हम जा कहाँ रहे हैं? क्या ऐसा इसलिए हुआ है, क्योंकि तुम हर समय अच्छा प्रदर्शन करने को लेकर अति आत्मविश्वासी हो या फिर तुमने हमारे धीरज की परीक्षा लेने का फैसला किया है? मुझे लगता है, तुम्हें अपना मकसद थोड़ा और स्पष्ट करना चाहिए था।"

रणबीर ने ऊपर देखा और कहा, "राजीव, मैं मानता हूँ कि पिछला महीना खराब था, लेकिन वह प्रत्येक प्रतिद्वंद्वी के लिए बाजार की प्रवृत्ति थी…"

"ओह शट अप, रणबीर," राजीव ने उसकी बात काट दी। "मैं तुमसे इस लाइन से शुरुआत करने की उम्मीद नहीं करता। तुमने बाजार प्रवृत्ति के बारे में यह लाइन तब तो नहीं कही थी, जब तुम इंसेंटिव बटोर रहे थे। तुमने लगभग हर वह सराहना ले ली थी, जो हमने तुम्हारी ओर फेंकी थी।"

कभी-कभी मीटिंग के दौरान जोर से चिल्लाने और कर्मचारियों को जानबूझकर अपमानित करने के लिए उसे राजीव से बहुत नफरत होती थी। कभी-कभी वह सब सुनियोजित सा लगता था।

एक के बाद एक अनुक्रम में, वह असहाय होकर देखता रहा, जबकि सबकुछ गलत होता गया और वह उसे रोकने के लिए कुछ नहीं कर पाया।

दस मिनट की अति विनाशकारी समीक्षा के बाद, राजीव ने मीटिंग समाप्त करते हुए कहा, "अगली तिमाही के अंत में मैं आपमें से किसी को इस बारे में शिकायत करते हुए नहीं सुनना चाहता कि आपके लिए आपके लक्ष्य हासिल करना कितना मुश्किल है। याद रखिए कि आपको इसी काम के लिए तनख्वाह दी जाती है, एयरकंडीशंड ऑफिस में बैठने का आनंद उठाने के लिए नहीं। अब यहाँ से तशरीफ ले जाइए और अपनी नौकरी बचाने के लिए काम करिए। आप यह बात समझ सकते हैं, है कि नहीं?"

रणबीर के अलावा सबने एक स्वर में कहा, "जी, सर।"

"तुम मेरी बात से सहमत नहीं हो रणबीर? तुम्हारे दिमाग में अभी भी ट्रैफिक है?" राजीव ने रुखाई से कहा।

"नहीं राजीव। मैं तुम्हारी बात से सहमत हूँ और इस बार कोई गड़बड़ नहीं होगी," रणबीर ने कहा, लेकिन उसके लिए अपने अहंकार को किनारे करके कॉन्फ्रेंस रूम की हर कठपुतली की तरह जवाब देना बहुत मुश्किल था।

काफी देर बाद, वहाँ मौजूद सभी लोगों को व्यक्तिगत रूप से अपमानित करने के बाद राजीव वहाँ से चला गया। सभी सहकर्मी राजीव की बुराई करने के लिए एक कोने में इकट्ठा हो गए और रणबीर ने मिलिंद को शशांक से कहते सुना, "मैं मानता हूँ कि हमारी टीम ने कुल मिलाकर एक नए निम्न स्तर को छुआ है, लेकिन इसका यह मतलब नहीं है कि वह मुझे 'मंदबुद्धि' कह सकता है। मैं, शायद यहाँ सबसे ज्यादा शिक्षित आदमी हूँ।"

"यह कुबड़ा कहे जाने से फिर भी बेहतर है, मिलिंद। इससे साफ समझ में आता है कि वह मेरे बारे में क्या सोचता है," शशांक ने जवाब दिया।

"मैं वैसे भी यह कंपनी छोड़ रही हूँ, यार। अपने कॅरियर के साथ खिलवाड़ करने का कोई फायदा नहीं है। मैं दुबई चली जाऊँगी और वहीं सेटल हो जाऊँगी। मेरा बॉयफ्रेंड वैसे भी मुझे वहाँ नौकरी दिला रहा है। कम-से-कम मेरे जीवन में रोमांस लौट आएगा और मुझे रोज सुबह छिपकली की शक्ल वाले इस बॉस को नहीं देखना पड़ेगा," उर्मी ने प्रिया से कहा, जिसने बहुत ही औपचारिक मुस्कान के साथ जवाब दिया।

रणबीर ने चारों ओर नजर घुमा कर देखा कि हर कोई कितना निराश था और उसने सोचा कि उसे उसी शाम अदा से मिलकर बात करनी पड़ेगी, ताकि दोनों के बीच चीजें ठीक हो सकें। पहला कदम उसे ही उठाना पड़ेगा। उसको अपना फैसला समझ में नहीं आया, वास्तव में नहीं आया। वह सिर्फ इतना जानता था कि उसे एक बार फिर अपना आत्मसम्मान किनारे करके अदा से बात करने की जरूरत थी।

□

उस शाम के अँधेरे में, रणबीर अदा के अपार्टमेंट की बिल्डिंग तक पहुँचा और अपनी बाइक कुछ मीटर की दूरी पर खड़ी कर दी। उस सड़क के यादृच्छिक मौन में एक सौंदर्य था, जो मुंबई में बहुत असामान्य था, लेकिन वह भी रणबीर को बेचैनी महसूस करने से नहीं रोक पाया। वह अदा द्वारा निर्धारित कठोर नियमों के साथ जीवन जी रहा था; उन नियमों पर न कभी चर्चा हुई थी, न ही वे कभी बताए गए थे, लेकिन फिर भी वे मौजूद थे। अदा के अपार्टमेंट के ठीक नीचे कुछ हो रहा था, कुछ ऐसा जो वह इतनी दूर से देख नहीं पा रहा था। वह अदा को देख सकता था। वहाँ एक लड़का भी था, जो कार का दरवाजा खोलने में उसकी मदद कर रहा था। फिर उसने अदा को गले लगा लिया। अदा काफी खुश लग रही थी। कुछ देर वे जोर-जोर से हँसते और बातें करते रहे, जिसके बाद उसने एक बार फिर अदा को गले लगाया और अदा ने उसे हाथ हिलाकर विदा किया।

रणबीर जितना हो सकता था, उतने सामान्य भाव से अदा की ओर बढ़ने लगा। उसने अदा का नाम पुकारा और उसकी ओर चलने लगा। अदा उसे देखकर उलझन में पड़ गई और अपनी हैरानी छुपाने की कोशिश करने लगी।

"अदा, कैसी हो?"

"कुछ देर पहले तक मैं बिल्कुल ठीक थी, अगर तुम समझ रहे हो तो, रणबीर," अदा उससे नजरें चुराते हुए बोली।

रणबीर ने सिर हिलाया और पता नहीं क्यों कुछ शर्मिंदा सा महसूस करने लगा। उसने वह परफ्यूम निकाला, जो वह अदा के लिए लाया था और उसकी ओर बढ़ा दिया।

"मैं नहीं चाहती कि तुम मेरे लिए यह सब करो। मुझे लगता है, उस दिन के बाद मेरे और तुम्हारे बीच सबकुछ खत्म हो गया रणबीर।"

"उस दिन के लिए मैं माफी चाहता हूँ अदा। मुझे तुम्हारे और तुम्हारे पेरेंट्स से इतना रूखा व्यवहार नहीं करना चाहिए था। मैं तुम्हारे और उनके साथ गलत तरीके से पेश आया।"

"रणबीर, मुझे अब अपने जीवन में तुम्हारी जरूरत नहीं है। मैं और परेशानी नहीं चाहती और अपना समय खराब नहीं करना चाहती। मुझे तो खुद पर दया आती है कि मैं कभी तुम्हारे साथ रिश्ते में थी," उसने कहा, उसकी आवाज तेज होती जा रही थी।

"प्लीज ऐसा मत कहो, अदा। मुझे यह सब सुनकर डर लग रहा है। मैं वादा करता हूँ कि अब कभी ऐसा व्यवहार नहीं करूँगा।"

"मेरा मानना है कि तुम यहाँ इसलिए आए हो, क्योंकि तुमने अपने अहंकार को संतुष्ट कर लिया है और अब जबकि तुम्हारे पास कोई नहीं है, जिसके पास तुम जा सको, तुम मेरे पास लौट आए हो। लेकिन पता है क्या? मैं चाहती हूँ तुम वापस चले जाओ, क्योंकि चाहे कुछ भी हो जाए, तुम हमेशा ऐसे ही रहोगे," अदा ने विष भरे स्वर में कहा।

रणबीर रोते हुए बोला, "अदा, मैं बहुत बुरा हूँ। मैंने कभी तुम्हारे साथ अच्छा बरताव नहीं किया और मैं यह जानता हूँ। मैं एक घमंडी आदमी हूँ, जिसने हमेशा किसी-न-किसी तरह तुम्हें दुःख पहुँचाया है। लेकिन अगर मुझे तुमको कुछ बताने की जरूरत है, तो यह कि तुम मुझे हमेशा प्यार करती हो और उसके लिए मैं सदा आभारी हूँ। मैं तुम्हें इतना प्यार करता हूँ अदा कि तुम्हें अपने जीवन में वापस देखने के लिए दुनिया का कोई भी काम करने को तैयार हूँ। मैं अपने प्यार की कसम खाता हूँ कि मैं कभी ऐसी हरकत नहीं करूँगा और जैसा तुम चाहोगी वैसा बनूँगा। तुमसे यूँ अलग रहना मुझे खाए जा रहा है।"

अदा ने तुरंत जवाब नहीं दिया, लेकिन जब रणबीर ने उसकी ओर देखा, तो उसकी आँखों में अफसोस और शर्मिंदगी के अलावा कुछ नहीं था। अगले कुछ मिनट दोनों में से कोई कुछ नहीं बोला और रणबीर को यह एहसास होने में एक पल लगा कि दोनों के एक बार फिर साथ होने की संभावना अभी भी शेष थी।

आश्चर्यजनक रूप से, अदा रणबीर के पास आई और उसे गले से लगा लिया।

"तुम हमेशा चीजें खराब क्यों कर देते हो? तुम जानते हो कि मैं तुमसे कितना प्यार करती हूँ, फिर भी तुम मेरे साथ ऐसा करते हो," उसने रणबीर के कंधे थपथपाते हुए उसे दिलासा देने की कोशिश की।

"आई ऐम सॉरी। मैंने तुम्हारे साथ जो किया उसके लिए मुझे माफ कर दो," उसने दिल से दोहराया और उसका गला रुँध गया। अदा पूरी ताकत से एक बार

फिर उससे लिपट गई। रणबीर के आँसू अभी भी उसकी गरदन पर गिर रहे थे और वह उसके दिल की धड़कन साफ-साफ सुन सकती थी।

इस बातचीत का सरल बहाव इतना सुखद था कि अगले कुछ पलों में सबकुछ पटरी पर आ गया। अंत में, रणबीर ने अदा से उस लड़के के बारे में पूछा, जिसने उसे घर छोड़ा था। वह हँसकर बोली, "वह सिर्फ एक सहयोगी है, जो दो किलोमीटर दूर रहता है, शायद तुमने उस बात को गलत तरीके से ले लिया, रणबीर," उसने एक आँख दबाई।

"नहीं, ऐसा नहीं है। मैं बस थोड़ा उत्सुक था, और कुछ नहीं," वह मुस्कुरा दिया।

अदा भी हँसने लगी और वह पल दोनों के बीच काम कर गया। सोसाइटी के कंपाउंड में धीरे-धीरे उनके बीच बातचीत का सिलसिला शुरू हो गया। रणबीर ने मजाकिया अंदाज में उस दिन की रिव्यू मीटिंग के बारे में बताया और यह भी बताया कि उसने कैसे बुरी तरह वहाँ सब गड़बड़ कर दिया था तो वह खूब हँसी। रणबीर ने उसका हाथ थाम लिया और उसका चेहरा देखता रहा, जब तक कि अदा ने उसे चूम नहीं लिया। यह तथ्य कि अदा ने उससे इन भावनाओं की जंग जीत ली थी, वह अंतिम चीज थी, जो उसे याद थी, जब उसने हाथ हिलाकर अदा को अलविदा कहा।

□

महीने-दर-महीने, मुलाकात-दर-मुलाकात उनका रिश्ता मजबूत होता गया। हमेशा की तरह, रणबीर उसे खुश रखने की पूरी कोशिश करता और शाम को ऑफिस से सीधे उसके पास आकर उसे मुंबई के विभिन्न हिस्सों में देर शाम की चहलकदमी के लिए ले जाता था। वह दोस्तों के साथ अपनी खुद की योजनाएँ रद्द कर देता और जब वे उससे झगड़ा करते तो कभी स्थिति समझाने की कोशिश नहीं करता था। अदा की अपेक्षाओं को पूरा करना चाहे, जितना भी कठिन या मुश्किल होता, वह हमेशा उसमें पूरी तरह खरा उतरता।

अदा के साथ एक खूबसूरत शनिवार बिताने के बाद, उसने मधुर संगीत लगाया, कुछ खूबसूरत तसवीरें प्रिंट कीं, उन्हें दीवार पर चिपकाया और फिर अपने उपन्यास का अंतिम संपादन पूरा करने बैठ गया। उसने अपनी आँखें बंद कर लीं और अंतिम अध्याय के लिए एक वैकल्पिक दृश्य की कल्पना करने लगा। उसने अपने सपनों की पांडुलिपि को बाहर निकाला और अपने पहले उपन्यास का अंतिम दृश्य लिखने में तल्लीन हो गया। उसका लिखने का अपना तरीका था, जिसमें अधिक समय लगता था, लेकिन इतनी रातें बिना सोए बिताने के बाद उस बिंदु पर पहुँचकर वह संतुष्ट था।

लक्ष्य ने दूर से उसे उपन्यास पर काम करते देखा और उसे परेशान न करने का फैसला किया।

एनरिक इग्लेसिअस और ब्रायन ऐडम्स की वही धुनें लूप पर चल रही थीं। पिछले दो वर्षों की अपनी खुद की कहानी लिखते हुए वह कभी संतुष्ट और कभी असंतुष्ट लग रहा था। फिर भी, हालाँकि वह इस बात को स्वीकार नहीं करना चाहता था, वह जानता था कि उसने अपना पहला उपन्यास लिखने का प्रयास करके एक उत्कृष्ट काम किया था और उसके अंदर कुछ था, जो इस प्रयास का जश्न मनाने के लिए बेताब था।

उसने खिड़की के बाहर देखा तो बारिश हो रही थी। ऐसा और कोई दिन होता

तो वह लक्ष्य से उसकी कार माँग कर अदा के साथ लंबी ड्राइव पर चला गया होता, लेकिन उस रात वह अपना उपन्यास खत्म करना चाहता था।

रणबीर ने किताब का पहला पृष्ठ खोला। सबसे ऊपर उपन्यास का शीर्षक था। उसके नीचे, पृष्ठ के मध्य से अगले पृष्ठ तक उनकी पहली मुलाकात के समय की अदा का, और वह कितनी खूबसूरत लग रही थी, इसका वर्णन था। उसके बाद वह पन्ने पलटते हुए अपनी सत्तर हजार शब्दों की पांडुलिपि की अंतिम बार जाँच करने लगा। वह समझ रहा था कि उसके लिए यह सफर कितना मुश्किल था। उसे एक वरिष्ठ लेखक की बात याद आई, "एक उपन्यास समाप्त करने के लिए आपको एक संत जितने धैर्य की आवश्यकता होती है।"

फिर उसे याद आया कि एक अन्य लेखक ने उसको क्या कहा था, "तुम एक उपन्यास नहीं लिख सकते। लिखने की कोशिश भी मत करना, क्योंकि तुम्हारी भाषा और शब्दावली बहुत साधारण है और कहानी बहुत दयनीय।"

रणबीर सोच रहा था, "एक दिन जब मेरा उपन्यास छप जाएगा, तो मैं एक-एक प्रति उसको दूँगा। मैं चाहता हूँ कि वह यह उपन्यास पढ़े, ताकि वह जान जाए कि मैं इतना भी बुरा नहीं हूँ।"

इस तरह की आलोचनाओं ने उसके सपने को जीवित रखा था और उसे खुशी थी कि उसने उपन्यास पूरा करने से पहले हार नहीं मान ली थी।

उस रात उपन्यास पर घंटों काम करने के बाद, वह उसके अंतिम पृष्ठ पर पहुँच गया। अंतिम पंक्ति क्या होनी चाहिए, इस बारे में बहुत विचार करने के बाद, उसने लिखा—

"हम एक-दूसरे के साथ कई ब्रेक-अप्स के बाद बहुत लंबा रास्ता तय कर चुके हैं; हमारे पास कल के लिए, एक बेहतर कल के लिए, बहुत उम्मीदें हैं।"

उस रात लगभग चार बजे, चादर के नीचे लेटे हुए रणबीर के लिए खुद को विश्वास दिलाना बहुत मुश्किल था कि उसने अपना अंतिम मसौदा पूरा कर लिया था और दी गई समय सीमा के अंदर प्रकाशक को भेज दिया था। उसने पाया कि वह अपनी कहानी के लिए प्रार्थना कर रहा था और अगले महीने उसे छपी हुई देखने की आशा कर रहा था। उसने उस रात के लिए अपनी आँखें बंद कर लीं। चार हफ्तों में उसका जीवन बदलने जा रहा था और वह बेहद उत्साहित था। पिछले कई महीनों में वह इतनी शांति की नींद नहीं सोया था, जितनी आज सो रहा था।

यह वास्तविकता थी और रणबीर का सपना सच होने जा रहा था।

□

वह एक गरम और उमस भरा दिन था। ऐसा दिन, जो आदमी की सारी ऊर्जा सोख लेता है। रणबीर नहा कर निकला था और कमर में टॉवल लपेटकर खड़ा हुआ अपने बाइसेप्स देखकर खुश हो रहा था। लक्ष्य ने कहा था कि उन्हें कुछ दोस्तों से मिलने जाना था और रणबीर बिना बहस किए तैयार हो गया था, क्योंकि अदा अपने चचेरे भाई-बहनों से मिलने अपने घर गई थी। यह जानते हुए, रणबीर के पास लक्ष्य के साथ न जाने का कोई बहाना नहीं बचा था।

"मैं सोच ही रहा था कि मुझे तुम्हारे साथ वक्त बिताने का मौका मिलेगा या नहीं। हमें अदा को शुक्रिया कहना चाहिए कि उसने दो पुराने दोस्तों को मिलने का मौका दिया," कार में बैठने के बाद लक्ष्य ने कहा, "एक दिन वह ओनरशिप का दावा करेगी और फिर तुम्हारे दोस्तों को तुम्हें थोड़ी देर बाहर ले जाने के लिए उससे इजाजत लेनी पड़ेगी," लक्ष्य ने सिगरेट सुलगाते हुआ कहा और इशारे से रणबीर से पूछा कि उसे चाहिए थी क्या।

"नहीं, ठीक है। तुम्हें पीते हुए देखने में ज्यादा मजा आता है।"

"उसने सच में तुम्हें सब सिखा दिया है, है न? वरना तुम तो सिगरेट का काफी शौक रखते थे," उसने मुस्कुराकर कहा।

"नहीं, उसने नहीं कहा। मैंने खुद ही सिगरेट छोड़ने का फैसला कर लिया; वैसे भी यह आदमी को नपुंसक बना देती है। और यह कोई गर्व से कहने वाली बात तो है नहीं," रणबीर ने कहा और अपनी ईमानदारी पर आँखें झपकाईं।

"ठीक है, फिर इस स्थिति में मैं तुम्हें एक और बच्चा पैदा करने दूँगा और एक को तुमसे गोद ले लूँगा। नहीं, नहीं, उस बच्चे में अदा का काफी असर होगा, जो मैं नहीं चाहता। मैं किसी और से बच्चा गोद ले लूँगा।"

"अदा उतनी बुरी भी नहीं है। पता नहीं तुम उससे इतनी नफरत क्यों करते हो।"

"नहीं, मैं यह नहीं कह रहा हूँ कि वह बुरी है। बस वह थोड़ी हावी होनेवाली,

क्रूर, घमंडी, बिगड़ी हुई, रोब जमाने वाली और तानाशाह है। मैं ऐसे बच्चे क्यों चाहूँगा, जब तक कि मुझे तुम्हारे जैसा रेडीमेड दामाद नहीं मिल जाता?"

रणबीर मुस्कुराया और बोला, "कम-से-कम कभी ऐसा दिखावा तो कर दिया करो कि तुम्हें मेरे रिश्ते की परवाह है।"

"मुझे तुम्हारी परवाह है और इसीलिए मैं तुम्हारे रिश्ते और अदा की परवाह नहीं करता। हमने लगभग पाँच साल एक साथ बिताए हैं और मैं शर्त लगा सकता हूँ कि जितना तुम खुद को जानते हो, उससे बेहतर मैं तुमको जानता हूँ। तुम उसके लिए सिर्फ एक आसान सा निशाना हो।"

"लक्ष्य, अगर रातभर तुम ऐसी ही हरकतें करनी हैं जैसी अभी कर रहे हो, तो मैं अभी गुडबाय करके वापस चला जाता हूँ।"

"तो क्या मुझे ऐसा दिखाना चाहिए कि मुझे कोई परवाह नहीं है?"

"हाँ, शायद यही बेहतर होगा।"

"और मैं ये कैसे करूँ?"

"चुप रहकर।"

इसी के साथ लक्ष्य ने अपनी कार एक बिल्कुल शांत सड़क पर खड़ी कर दी। दोनों को ही कुछ बोलने की जरूरत नहीं महसूस हो रही थी। लक्ष्य ने किसी को मैसेज किया और कुछ ही मिनटों में उसकी गर्लफ्रेंड, त्रिशा शॉट्‌र्स पहने हुए आई, लक्ष्य से गले मिली। त्रिशा शायद लक्ष्य की अब तक की सबसे खूबसूरत गर्लफ्रेंड थी। लक्ष्य जैसा भी था, त्रिशा उसे बहुत प्यार करती थी और कभी किसी बात की शिकायत नहीं करती थी।

लक्ष्य से मिलने के बाद, उसने मुस्कुराकर एक गिफ्ट रैप किया हुआ पैकेट रणबीर की ओर बढ़ा दिया।

"क्या है इसमें?"

"क्या यह अंदाजा लगाना वाकई बहुत मुश्किल है?"

"यह मत कहना कि ये वही चीज है, जिसका मैं इंतजार कर रहा हूँ।"

"जानते हो न लोग क्या कहते हैं—महान् दिमाग एक जैसा सोचते हैं।"

रणबीर ने त्रिशा से पैकेट छीन लिया और अचानक उत्साहित होकर और आँखों में भूख लेकर उसे खोलने लगा।

उत्तेजना से उसके हाथ काँप रहे थे। वहाँ खड़ा लक्ष्य उसकी भावनाओं की केवल कल्पना कर सकता था। ये था सच्चा प्यार। पैकेट खोलने पर उसे हलके

नीले कवर पेज पर अपने नाम के साथ अपनी किताब 'व्हाट होल्ड्स यू ऑन' दिखी। उसने काँपते हाथों और चेहरे पर बिल्कुल निर्दोष मुस्कान के साथ किताब खोली। उसने किताब को सूँघा, कुछ पंक्तियाँ पढ़ीं और उसकी आँखों से आँसू बहने लगे।

लक्ष्य ने उसको कार से बाहर खींचा और गले लगा लिया। रणबीर हाथ में किताब लिये हुए ही उससे और जोर से लिपट गया।

"तुमने कर दिखाया, रणबीर। कमबख्त तुमने दिखा दिया। इस समय तुम्हारा सपना तुम्हारे हाथ में है और दुनिया की कोई चीज मुझे इससे ज्यादा खुश नहीं कर सकती," लक्ष्य ने अपने आँसू रोकने की भरपूर कोशिश करते हुए कहा।

"आई लव यू गाइज—बोथ ऑफ यू," (मैं तुमसे प्यार करता हूँ—तुम दोनों से), रणबीर ने दिल से कहा। उसे समझ में नहीं आ रहा था क्या कहे, फिर भी वह बोला, "मैं नहीं जानता कि मैं जीवन में इससे ज्यादा खुश हो सकता हूँ या नहीं। लेकिन तुम दोनों ने मुझे हैरान करने के लिए सही चीज और सही समय का चुनाव किया, मेरी ही किताब मुझे मिलने से पहले मेरे लिए लाकर…"

"हमने इसे प्री-ऑर्डर कर दिया था और सबसे पहली डिलीवरी का अनुरोध किया था। वे लोग मान गए," त्रिशा रणबीर और लक्ष्य को इतना खुश देखकर मुस्कुरा रही थी।

"आई लव यू भाई, इन सभी छोटी-छोटी खुशियों के लिए, जो तुम मेरे जीवन में लाते हो।"

"कभी भी भाई। मुझे ये बात अच्छी लगती है कि तुम जब भी कुछ कहते हो, तो मैं जानता हूँ कि दिल से कहते हो," लक्ष्य ने कहा और उसका कंधा थपथपा दिया।

उसने अपनी खुशी बाँटने के लिए अदा को कॉल किया, लेकिन उसने फोन काट दिया। लेकिन उसके लिए, वह रात एक लेखक के रूप में उसके जीवन की शुरुआत को चिह्नित करती प्रतीत हो रही थी। साथ ही, यह पहला मौका था, जब किसी पल में उसके साथ अदा नहीं थी और वह उसकी कमी महसूस नहीं कर रहा था।

वह पूरी तरह से उसका पल था। 'आभार' की जाँच करते हुए, जिसमें उसने सबका धन्यवाद किया था, वह लगातार मुस्कुरा रहा था। लक्ष्य और त्रिशा भी उस पल का आनंद ले रहे थे और किसी को कुछ बोलने की आवश्यकता नहीं महसूस हो रही थी।

और फिर रणबीर सोचने लगा कि कैसा महसूस होगा, जब पाठक उपन्यास पढ़कर अपनी प्रतिक्रिया उसे मेल करेंगे और उसके काम की सराहना करेंगे। वह उस कल्पना के साथ पूरी तरह प्यार में था। अपने पूरे जीवन में वह और किसी चीज के प्रति इतना उत्साहित नहीं हुआ था।

फिर उसने अपनी किताब को घूरना बंद कर दिया और बिल्कुल शांत हो गया। उसे अपनी नौकरी से कभी प्यार नहीं था। नौकरी वो सिर्फ पैसों के लिए कर रहा था; यह उसका सच्चा प्यार था, जिसके लिए उसने अपने पिछले दो साल समर्पित किए थे।

"मुझे नहीं पता मैं तुम दोनों से और क्या कह सकता हूँ, सिवाय इसके कि आज रात मैं अपनी खुशी में दीवाना हो जाना चाहता हूँ। मैं जानता हूँ तुम्हें ये पागलपन लग रहा होगा, लेकिन चलो हम नशे में धुत्त हो जाते हैं और रातभर बातें करते हैं, क्योंकि आगे एक खूबसूरत वीकेंड है और हमारी योजना खराब करने के लिए अदा भी शहर में नहीं है।"

एक लंबे पल के लिए त्रिशा और लक्ष्य रणबीर की बात पर विश्वास नहीं कर सके और फिर ठहाका मार कर हँसने लगे। वे जानते थे कि रणबीर वास्तव में खुश था और एक बार फिर जश्न मनाने के मूड में वापस आ गया था।

वे कार में बैठ गए और एक घटनापूर्ण रात बिताने के लिए घर की ओर बढ़ गए।

□

देर रात, लिविंग रूम में बैठे हुए, वह अपने उपन्यास के पन्ने पलट रहा था और बीच-बीच में टिप्पणी करता जा रहा था कि उसे उस किताब को लिखने में कितना मजा आया था। प्रत्येक पृष्ठ अदा के लिए रणबीर के प्यार, उसकी यादों और उनके रिश्ते के बारे उसके अवलोकन से भरा था।

वे अब तक काफी शराब पी चुके थे। त्रिशा लक्ष्य के कंधे से टिक कर बैठी थी और बीच-बीच में उसके बाल सहला रही थी। रणबीर को अदा के साथ इस तरह के रिश्ते की कमी हमेशा महसूस होती थी। अदा के साथ उसका रिश्ता मौज-मस्ती से अधिक अनुशासित प्रेम संबंध का था।

"मैं देख सकता हूँ?" लक्ष्य ने उपन्यास की ओर संकेत करते हुए पूछा और किताब हाथ में लेकर आभार वाले पृष्ठ को खोल कर देखने लगा। सबसे ऊपर एक पंक्ति लिखी हुई थी—

"शुक्रिया अदा, मेरे जीवन में आने के लिए और मुझ पर हमेशा विश्वास करने के लिए। तुमने मेरे जीवन को खूबसूरत बना दिया है।"

लक्ष्य ने सिर हिलाया और पहले आभार का प्रत्येक शब्द पढ़ा, जिसमें उसका नाम भी शामिल था, और फिर प्रस्तावना का एक पृष्ठ पढ़ा। इतना पढ़ने के बाद उसने ऊपर देखा और कहा, "मैं नहीं जानता मुझे तुमसे क्या कहना चाहिए, सिवाय इसके कि अगर मैं एक लड़की होता तो अपना पूरा जीवन तुम्हारे साथ बिताने के लिए कुछ भी करता। तुम एक पागल प्रेमी हो और अब समय आ चुका है कि अदा इस बात को समझ जाए।"

"लक्ष्य सही कह रहा है। किसी को भी तुमसे प्यार हो सकता है। बेशक तुम्हें लिखने से प्यार है, लेकिन फिर तुमने ऐसा कुछ किया है, जो अदा के जीवन में पहले कभी नहीं हुआ है, तुमने दो सौ साठ पेज उसे समर्पित किए हैं। यह ऐसी चीज है, जो सबके साथ नहीं होती। मेरे साथ भी कभी नहीं हुई। लेकिन अगर अदा तुम्हारी टीचर बनी रही, तो वह तुम्हें अपने से दूर कर सकती है। क्योंकि कुछ ही समय में

लोग तुम्हारे काम से प्यार करने लगेंगे और यह चीज उसके लिए समीकरण बदल सकती है," त्रिशा ने कहा और लक्ष्य ने सहमति में सिर हिला दिया।

काफी देर उनमें से कोई कुछ नहीं बोला और फिर त्रिशा ने आगे कहा—

"मेरा मतलब, मुझे वह अच्छी लगती है। बात सिर्फ इतनी है कि मुझे तुम ज्यादा अच्छे लगते हो और अगर तुम दोनों गहरी घाटी में लटके हो और मुझे एक का चुनाव करना पड़े, तो निश्चित रूप से मैं पहले तुम्हें बचाऊँगी और फिर उसे किक करूँगी," उसने कहा तो तीनों जोर से हँसने लगे। वह जादुई पल फेसबुक चैटबॉक्स की एक पिंग से टूट गया, जो रणबीर के लैपटॉप पर, जहाँ अब तक गाने चल रहे थे, पॉप अप हुआ।

"हे, क्या तुम वही रणबीर, जिसने 'व्हाट होल्ड्स यू ऑन' लिखी है?"

ये वाक्य उसे इतना समझाने के लिए काफी थे कि यह मैसेज उसकी पहली पाठिका का था, हालाँकि वहाँ लिखा नाम निश्चित रूप से उसका असली नाम नहीं था।

रणबीर, "हाय, स्टोन हार्ट। हाँ, तुम सही आदमी से बात कर रही हो।"

स्टोन हार्ट, "मुझे विश्वास नहीं हो रहा है कि मैं उसकी लेखक से चैट कर रही हूँ, जो आजकल मुझे सबसे ज्यादा पसंद है।"

रणबीर, "हा-हा, आजकल? मेरा उपन्यास अभी कुछ ही घंटों पहले आया है। अभी तो एक पूरा दिन भी नहीं हुआ है।"

स्टोन हार्ट, "उफ, तुम बहुत खराब हो। अपनी पाठिका का मजाक उड़ा रहे हो। बुरी बात।"

रणबीर, "हा, हा। सॉरी, मेरा यह मतलब नहीं था और तुम्हें यह जानकर खुशी होगी कि तुम मेरी सबसे पहली पाठिका हो।"

स्टोन हार्ट, "इस बात ने मेरा दिन बना दिया। अब तुम्हें मैं याद रहूँगी। वैसे भी मैं इतनी सुंदर हूँ कि मुझे कोई भूल नहीं सकता।"

यह सुनकर रणबीर उसकी प्रोफाइल देखने पर मजबूर हो गया और उसने देखा कि वह सहज रूप से सुंदर और समृद्ध लग रही थी। उसका व्यक्तित्व ऐसा था, जैसा राजकुमारियों का होता है।

स्टोन हार्ट, "वैसे, क्या तुम मेरा नाम जानते हो?"

रणबीर, "हाँ, तुम्हारा नाम स्टोन है और सरनेम हार्ट।"

स्टोन हार्ट, "यह मेरा असली नाम नहीं है। मेरा असली नाम पीहू शर्मा है।"

रणबीर, "यह तो मैं भी जानता था कि यह तुम्हारा असली नाम नहीं है।"

स्टोन हार्ट, "तुम तो काफी कुछ मेरे जैसे लगते हो। अब तक कहाँ थे तुम?"

रणबीर, "अपने जीवन के तेईस सालों से मैं लगभग भटक ही रहा था। अब जबकि मैंने एक ब्रेक लेने का फैसला किया है, तो देखो मुझे कौन मिला, पीहू शर्मा।"

पीहू, "यह हँसने की बात नहीं है। खैर, मजाक छोड़ो, तुम बहुत शानदार लेखक हो और कमाल का लिखते हो। निकट भविष्य में मैं तुम्हारा लिखा और पढ़ना चाहती हूँ। अच्छा अब मुझे सो जाना चाहिए, वरना मुझे डार्क सर्किल हो जाएँगे और फिर इस बेचारी लड़की से कोई शादी नहीं करेगा।"

रणबीर, "हा-हा। बिल्कुल, सो जाओ। वैसे एक आखिरी सवाल, तुम क्या करती हो?"

पीहू, "वैसे यह तुम्हारा पहला सवाल था। मैंने अहमदाबाद से मास कम्युनिकेशन में ग्रेजुएशन किया है और अभी-अभी अपने डैड के बिजनेस में शामिल हुई हूँ।"

रणबीर, "कैसा बिजनेस?"

पीहू, "तुमने कहा था आखिरी सवाल। ऐसा लग रहा है तुम भी मेरे फैन हो रहे हो। हा-हा, केमिकल्स। हम स्पिरिट्स बनाते हैं।"

रणबीर, "अच्छा लगा यह सुनकर और हाँ, अब तुम्हें वाकई सो जाना चाहिए, पीहू।"

पीहू, "तुमसे बात करके बहुत अच्छा लगा, मि. ऑथर। तुम्हारी किताब मुझे बहुत पसंद आई। मुझे अपनी नॉवेल का अर्नब ला दो। आई लव हिम। गुड नाइट।"

रणबीर, "वह काफी कुछ मेरे जैसा है। गुड नाइट।"

पीहू, "तब तो तुम्हें मुझसे बचकर रहना होगा। सावधान रहना।"

रणबीर, "हा, हा। मेरी तो बोलती बंद हो गई। तुम बहुत प्यारी हो, पीहू। गुड नाइट। अपना ध्यान रखना। मैं अपने जश्न और अपनी ड्रिंक्स के पास वापस जा रहा हूँ।"

पीहू, "यह जानकर मेरा दिल टूट गया कि आप मेरे बिना ड्रिंक्स ले रहे हैं। खैर, आखिरी बार गुडबाय। बाद में बात करती हूँ।"

रणबीर, "गुड बाय। कभी हम साथ में ड्रिंक्स लेंगे।"

उसने लॉग आउट कर दिया और लक्ष्य की ओर देखा। लक्ष्य ने पूछा कि वह

किससे चैट कर रहा था और उसे तब तक परेशान करता रहा, जब तक कि उसने बता नहीं दिया कि वह पीहू शर्मा नाम की एक पाठिका से बात कर रहा था। यह सुनकर लक्ष्य ने रणबीर को मारना शुरू कर दिया और फेसबुक पर उसकी तसवीरें दिखने के लिए मजबूर कर दिया।

"आज पहली बार मुझे समझ में आ रहा है कि तुम लेखक क्यों बने। तुम जानते थे कि सुंदर लड़कियाँ तुम्हारी फैन बन जाएँगी।"

"रुको, रुको। मैंने यह अपने लिए किया है, और मैं बता भी नहीं सकता कि कॉर्पोरेट सेक्टर में इतनी बुरी चीजों का सामना करने के बाद मेरे लिए इसका क्या मतलब है। इसका लड़कियों से कोई लेना-देना नहीं है," रणबीर ने सफाई दी।

धीरे-धीरे, बहुत चुपके से, रणबीर की आँखें एक बार फिर चैट विंडो और पीहू की तसवीरों की ओर जाने लगीं। वह अपने आप में मुस्कुरा रहा था और बुरी बात यह थी कि लक्ष्य और त्रिशा ने उसे देख लिया। लेकिन उन्होंने एक शब्द भी नहीं कहा, बस रणबीर को देखते रहे, जब तक कि उसने अपना लैपटॉप बंद करके दोनों को उस रात अंतिम बार थैंक्स कहा और अपने मन में विचारों का समुद्र लेकर सो गया।

□

वह शुक्रवार की सुबह थी और उसके उपन्यास को बाजार में आए कुछ दिन हो चुके थे। रणबीर अपनी सुबह की चाय पीते हुए लोगों को सुबह की जॉगिंग पर जाते देख रहा था।

पहले सप्ताह में ही उपन्यास को इतनी शानदार प्रतिक्रिया मिलने से वह बहुत खुश लग रहा था। वह अपने दूसरे उपन्यास के लिए विषय के बारे में सोच रहा था कि फेसबुक पॉप अप की आवाज सुनकर उसका ध्यान अपने लैप टॉप पर गया।

उसने अपनी चाय का अंतिम घूँट लिया और चैट पर स्टोन हार्ट को देखकर मुस्कुराया।

पीहू, "हाय, रणबीर। मैं जानती हूँ कि तुम मेरी सभी तसवीरों को देख रहे थे, क्योंकि पिछले कुछ दिनों में मुझे तुम्हारी 20 लाइक्स मिली हैं।"

रणबीर, "हाय पीहू। अरे ऐसा कुछ नहीं है। मेरा मतलब, मैंने तो ऐसे ही उन्हें लाइक कर दिया था।"

पीहू, "अरे इतना घबराओ मत। मुझे अच्छा लगा। तुम मेरी सभी तसवीरों को लाइक करते रहो और मैं दुनिया को दिखा सकती हूँ कि मेरा पसंदीदा लेखक मेरी तसवीरें पसंद करता है।"

रणबीर, "हाँ, हाँ। मुझे ऐसा करने में कोई परेशानी नहीं है। वैसे भी तुम सही में बहुत अच्छी लगती हो।"

पीहू, "तुम कितने अच्छे हो। एक दिन मैं जानना चाहूँगी कि तुम्हारी आवाज कैसी है।"

रणबीर, "अरे, हाँ। हमने अभी तक अपने फोन नंबर नहीं दिए हैं एक-दूसरे को।"

पीहू, "बेशर्म। तुमने एक खूबसूरत लड़की को तुम्हारा नंबर माँगने पर मजबूर किया है।"

रणबीर, "हा, हा। सॉरी, 8451829595।

पीहू, "जल्दी ही तुम्हें फोन करती हूँ। अपना ध्यान रखना;)☺

इतना कहकर उसने लॉग आउट कर दिया।

रणबीर एक बार फिर उसकी तसवीरें देखने लगा और सोचे बिना नहीं रह सका कि उसके साथ बैठकर बात करने में कैसा लगेगा। हालाँकि वह दिखाने की कोशिश करता था कि वह सिर्फ उसकी तसवीरें और मीठी बातें पसंद करता था और इसमें कुछ भी गंभीर नहीं था, लेकिन अपने मन की गहराई में वह जानता था कि वह उससे चैट करने का इंतजार करने लगा था; बल्कि और सटीकता से कहा जाए, तो वह उसके फोन कॉल का भी इंतजार करने लगा था। वे एक-दूसरे के बारे में ज्यादा जानने लगे थे; जाहिर था कि उन्हें एक-दूसरे का साथ अच्छा लगने लगा था।

घड़ी की सुइयाँ आगे बढ़ने के साथ वह ऑफिस के लिए तैयार हो रहा था कि अचानक उसके फोन पर एक अनजान नंबर से कॉल आया।

"हाय!"

"हाय!" रणबीर ने आवाज बदलते हुए कहा।

"क्या मैं रणबीर से बात कर रही हूँ?"

"हाँ, कौन बोल रहा है?"

"सोचो कौन हो सकता है?" उधर से एक मीठी आवाज आई।

"पीहू?"

"अच्छा, यह पीहू कौन है और तुम्हारी आवाज को क्या हुआ?"

"कौन हो तुम?" रणबीर को उलझन हो रही थी।

"अदा, तुम्हारी गर्लफ्रेंड, याद है?"

"अदा! तुम्हारी आवाज कितनी अलग लग रही है। तुम्हारे पुराने नंबर को क्या हुआ?"

"मैंने अपना नंबर बदल लिया है, और तुमने अभी तक मेरे सवाल का जवाब नहीं दिया है।"

"ओह, वह एक पाठिका है और उसने मेरा नंबर लिया था।"

"और तुमने दे दिया?" अदा ने हैरानी से पूछा।

"हाँ, लेकिन और कोई बात नहीं है। मेरा विश्वास करो," रणबीर समझ नहीं पा रहा था कि बात किस दिशा में जाएगी।

"हाँ, मैं तुम्हारा विश्वास करती हूँ और मैं मुंबई वापस आ गई हूँ। मैंने यह

जानने के लिए तुम्हें फोन किया है कि क्या तुम आज का दिन मेरे साथ बिताना पसंद करोगे?"

"मैं बस ऑफिस के लिए ही निकल रहा था, बेबी। हम शाम को मिलते हैं?"

"ठीक है। मैं अपनी किसी और फ्रेंड से बात कर लेती हूँ। अब तुम एक लेखक हो, अपने व्यस्त कार्यक्रम मेरे ऊपर थोप सकते हो।"

रणबीर को समझ में नहीं आया, वह उसकी बात से क्या नतीजा निकाले। वह भी उससे मिलना चाहता था, काफी समय हो गया था। "तुम्हें ऐसा करने की जरूरत नहीं है। मैं ऑफिस से छुट्टी ले लूँगा।"

"पक्का?"

"हाँ, तुम्हारे लिए कुछ भी।"

"मिलते हैं फिर।"

वह छुट्टी नहीं लेना चाहता था, विशेष रूप से पिछली मीटिंग में पड़ी डाँट के बाद, लेकिन उसमें अदा को 'ना' कहने की हिम्मत नहीं थी। ऑफिस में उसके लिए महत्त्वपूर्ण दिन था और अदा की जिद ने उसे छुट्टी लेने पर मजबूर कर दिया।

उनके रिश्ते में कभी-कभी ऐसा समय आता था, जब उसके खराब मूड को ध्यान में रखते हुए रणबीर को उसके निर्देशों का पालन करना पड़ता था, ताकि उनके बीच तनाव और न बढ़े। उसे याद आया कि उनकी दोस्ती की शुरुआत में अदा ऐसी नहीं थी। वह हमेशा रणबीर को समझती थी और उसे उसकी मरजी से काम करने देती थी, और रणबीर भी ऐसा ही करता था।

लेकिन समय के साथ हालात बिगड़ने लगे थे। एक-दूसरे के प्रति उनका व्यवहार बदल गया था और उनमें पहले से कहीं अधिक झगड़े होने लगे थे। रणबीर हमेशा शिकायत करता था कि वह अब पहले वाली अदा नहीं रह गई थी। अदा शिकायत करती थी कि रणबीर कभी-कभी बहुत चिपकू हो जाता था और उसके मामलों में दखल देता था। उसे रणबीर से यह शिकायत भी थी कि वह ज्यादा मेहनत नहीं करता था और उसका स्वभाव बिल्कुल अव्यावहारिक और सपने देखने वाला था। कभी-कभी, जब अदा का फोन लंबे समय तक नहीं मिलता था, तो रणबीर के कारण पूछने पर वह जवाब देती थी कि उसका भी एक निजी जीवन है और अगर वे यूँ ही एक-दूसरे के जीवन में दखल देते रहे तो चीजें मुश्किल हो जाएँगी।

वह रणबीर के साथ ज्यादा हँसी-मजाक भी नहीं करती थी। ऐसा लगता था कि उसकी परेशानी रणबीर के कॅरियर की पसंद से उपजी थी, और अब रणबीर के

लिए उसकी भावनाएँ वैसी नहीं थीं, जैसी हुआ करती थीं। इन सबके बीच, रणबीर खुद भी मुस्कुराता रहता था और उसे भी हँसाता था।

इन्हीं विचारों में खोया हुआ, वह कब अदा के घर पहुँच गया उसे पता भी नहीं चला। कुछ ही पलों में, दो मंजिल चढ़ने के बाद, उसने अदा के दरवाजे पर दस्तक दी। अदा ने दरवाजा खोला तो उसने उसे बाँहों में भर लिया। अदा मुस्कुराई, लेकिन रणबीर के चेहरे पर अजीब से भाव थे।

"कैसी रही तुम्हारी छुट्टियाँ?"

"अच्छी थीं।"

"अंकल-आंटी कैसे हैं?"

"ओह, वे भी ठीक हैं। अंदर आओ।"

रणबीर ने अंदर आकर हिचकिचाते हुए पूछा, "तुमने मेरे बारे में कोई बात की?"

"खास नहीं, लेकिन मुझे विश्वास है कि तुम उन्हें पसंद आए होगे।"

"तुम यकीन से कैसे कह सकती हो?"

"क्योंकि अगर तुम उन्हें पसंद नहीं आए होते तो उन्होंने मुझे तुमसे दूर रहने के लिए कहा होता।"

रणबीर को दोनों के बीच एक अनकहा सा तनाव महसूस हो रहा था, लेकिन उसे कारण समझ में नहीं आ रहा था।

उसने कहा, "मैं नहीं जानता इस समय तुम्हारा मूड इतना खराब क्यों है, लेकिन मैं यकीन से कह सकता हूँ कि तुम मुझसे कुछ बात करना चाहती हो।"

अदा बिना कुछ कहे कुछ सेकंड उसे देखती रही और फिर बोली, "रणबीर, तुम्हारी नॉवेल को बाजार में आए सिर्फ एक हफ्ता हुआ है और मेरे दोस्तों ने यह पूछ-पूछकर मुझे दुःखी कर दिया है कि तुमने जो नॉवेल में लिखा है, वह कितना सच है और क्या वह हमारी कहानी है?"

"ठीक है। लेकिन इसमें कौन सी बड़ी बात है? लोग जानते हैं कि हम रिश्ते में हैं और ये बातें तो उठेंगी ही।"

"रणबीर, तुमने उस नॉवेल में मुझे शैतान बना दिया है। तुमने मुझे ऐसी लड़की के रूप में दिखाया ही है जो स्वार्थी है, मतलबी है और एक ऐसी बिच है, जो किसी की परवाह नहीं करती।"

"लेकिन वह अदा नहीं है, वह तो रिजवाना है, नॉवेल का चरित्र। अगर लोग

तुमसे बेवकूफी भरे सवाल पूछते हैं तो तुम उनसे कहो कि उस कहानी का हमारे निजी जीवन से कोई लेना–देना नहीं है। वह सिर्फ एक काल्पनिक कहानी है। आरव और रिजवाना सिर्फ अपनी तरह के दो खूबसूरत चरित्र हैं। और हाँ, मैंने रिजवाना को बुरा नहीं बनाया है। मैं तुम्हें अपने पाठकों के मेल्स दिखा सकता हूँ, जिन्हें उसका चरित्र बहुत पसंद आया है।"

"खुद को सही साबित करने के लिए ढोंग करना बंद करो।"

"अदा, मेरे साथ ऐसा करना बंद करो, प्लीज। इस बारे में बात करने का कोई मतलब नहीं है। ऐसा नहीं है कि मैंने तुम्हें अपनी पूरी कहानी नहीं पढ़ने दी। मैं पहले ही ऐसा कर चुका था। दो बार।"

"हाँ, लेकिन मुझे नहीं मालूम था कि बात इस तरह उलट जाएगी। इसके अलावा, मैंने कभी तुम्हारी नॉवेल पूरी नहीं पढ़ी थी।"

रणबीर चौंक गया, "फिर तुमने मुझसे झूठ क्यों बोला?"

"मुझे पढ़ना बिल्कुल पसंद नहीं है और तुम मुझे अपनी नॉवेल पढ़ने के लिए मजबूर कर रहे थे, इसलिए मेरे पास झूठ बोलने के सिवाय कोई रास्ता नहीं बचा था।"

"इससे पता चलता है कि तुम मुझे और मेरे काम को कितनी गंभीरता से लेती हो।"

"ठीक है फिर। तुम यहाँ से बाहर निकलो और हम तब बात करेंगे, जब तुम दिमाग से बात करने का फैसला करोगे," अदा ने चिढ़कर कहा।

"जरूर! और मुझे इस तरह सिर्फ 15 मिनट में घर से बाहर निकालने के लिए शुक्रिया। तुमने ऑफिस में मेरा दिन बचा लिया; वैसे भी मेरी नॉवेल को लेकर तुम्हारी पूछताछ से ज्यादा जरूरी मेरा ऑफिस का काम था।"

"यह कोई पूछताछ नहीं थी," अदा ने सुरक्षात्मक स्वर में कहा।

"लेकिन निश्चित रूप से यह खुशी भी नहीं थी। अगर मैंने यह किसी और के लिए लिखा होता, तो उसने इसका मोल समझा होता। अपने जुनून या अपने प्यार के लिए एक उपन्यास लिखना आसान नहीं होता। यह एक करोड़पति पिता होने से कहीं अधिक मेहनत का काम है।"

"मेरे पापा को बीच में लाने की हिम्मत मत करना, रणबीर।"

"आई ऐम सॉरी। मुझे यह नहीं कहना चाहिए था। बाय अदा।"

रणबीर को लक्ष्य की कही बात याद आ गई। अब तो उसे भी लगने लगा कि

अदा उसकी भावनाओं की उतनी कद्र नहीं करती थी, जितनी उसे करनी चाहिए थी। आँसू भरी आँखों के साथ, निराश रणबीर उसके फ्लैट से बाहर निकल गया। वह अपने जीवन के उस पड़ाव पर खड़ा था, जहाँ उसे अपनी सफलता का जश्न मनाना चाहिए था, लेकिन वह क्या कर रहा था? एक ऐसी लड़की के लिए रो रहा था, जिसके लिए एक समय वह सबकुछ था। उसने छुट्टी ले ली और उस दिन ऑफिस नहीं गया। उसके फोन पर ऑफिस से और अनजान नंबरों से कुछ मिस्ड कॉल थे, लेकिन उसने उस शाम कुछ ऐसा किया, जो उसे बहुत पहले कर लेना चाहिए था। उसने पीहू से बात की।

उस रात, तीन घंटे अपना मोबाइल दूर रखने के बाद जब उसने चेक किया तो देखा कि उसमें एक अनजान नंबर से तीन मिस्ड कॉल्स थे, और एक संदेश भी था, जिसमें लिखा था—

"मैं पीहू हूँ। तुम इस प्यारे से अनजान नंबर की अनदेखी करना बंद कर सकते हो।"

रणबीर के चेहरे पर अचानक मुस्कान आ गई; उसने पीहू को कॉल किया।

"हैलो," पीहू बोली। उसकी आवाज एक प्यारी सी हाई स्कूल की बच्ची जैसी लग रही थी।

"तुम्हारा कॉल मिस करने के लिए सॉरी पीहू। मेरा मूड अच्छा नहीं था और मैंने अपना मोबाइल साइलेंट मोड पर कर दिया था।"

"और इतनी देर से मैं सोच रही थी कि तुम भाव खा रहे हो।"

"अरे नहीं, मैं आखिर ऐसा क्यों करूँगा?"

"अब तुम एक लेखक हो। तुम्हारे पीछे कई लड़कियाँ होंगी। तुम भाव खा सकते हो। अगर मैं तुम्हारी जगह होती तो मैं ऐसे दिखाती जैसे यह मेरा दिन है, सिर्फ मेरा दिन। सबको मेरे कदमों में आकर मेरी महानता के आगे सिर झुकाना पड़ता।"

रणबीर ठहाका मार कर हँसने लगा, "तुम बहुत मजेदार हो।"

"आमतौर पर लोग मुझे प्यारी, सुंदर और सेक्सी कहते हैं। लेकिन मजेदार? ओके, मैं इसे भी स्वीकार करती हूँ।"

"तुम्हारी उम्र क्या है पीहू?"

"क्या तुमको मुझसे अभी से प्यार हो गया है? तुम मेरी उम्र पूछोगे, फिर मेरे जन्म का समय, और फिर घर का पता, और फिर मैच मेकिंग करोगे। मैं तुम्हें अपनी उम्र नहीं बताने वाली हूँ। बिल्कुल नहीं।"

"अरे रुको, रुको। मेरा दिमाग इतनी तेजी से काम नहीं करता और मेरा फिर से एक नए रिश्ते में आने का विचार नहीं है।"

"फिर से? तो क्या तुमने अपनी नायिका से रिश्ता खत्म कर दिया?"

जब उसने कोई जवाब नहीं दिया तो पीहू फिर बोली, "अगर मैं तुम्हारे निजी जीवन में दखल दे रही हूँ तो मुझे माफ करना। मैं तो बस पूछ रही थी।"

"नहीं, कोई बात नहीं। मुझे बुरा नहीं लगा। और हाँ, मैंने कुछ समय पहले अपनी गर्लफ्रेंड से रिश्ता तोड़ लिया है। हम एक-दूसरे से बहुत अलग थे और वह शायद मुझमें एक ऐसा रोबोट देख रही थी, जो उसके लिए कभी काम नहीं करता था।"

"ओह! सुनकर दुःख हुआ।"

"तुम्हें दुःखी होने की कोई जरूरत नहीं है। मैं बिल्कुल ठीक हूँ। मैं उसे भूल चुका हूँ।"

"यदि मैं तुम्हारी आधी नॉवेल पर भी विश्वास करूँ, तो मुझे नहीं लगता कि तुम कभी उसे भूल पाओगे।"

"निश्चित रूप से इसमें समय लगता है, लेकिन हमें आगे बढ़ना पड़ता है, क्योंकि जीवन अभी खत्म नहीं हुआ है और दुनिया में बहुत लोग हैं, जिन्हें प्यार पाने का इंतजार है।"

"बैंग ऑन। अब मुझे लग रहा है कि मैं एक लेखक से बात कर रही हूँ। तुम लेखक लोग अपने शब्दों के इस्तेमाल में इतने निपुण होते हो कि चाहे उनकी सच्चाई पर विश्वास करने में कितना भी जोखिम हो, हम असहाय होकर उन पर विश्वास कर लेते हैं।"

"मैं तुम्हारी बात को तारीफ के रूप में ले रहा हूँ।"

"यह तारीफ ही थी।"

"वैसे, अपने बारे में बताओ, क्या तुम किसी के साथ रिश्ते में हो?"

"हाँ, मैं हूँ।"

एक पल के लिए रणबीर निराश हो गया और छुपाने की बहुत कोशिश करने के बावजूद, उसके अगले वाक्य में उसकी निराशा जाहिर हो गई।

"अच्छा! तुमने पहले कभी मुझे बताया नहीं।"

"हाँ, क्योंकि हमने पहले कभी बात नहीं की थी। हम पहली बार बात कर रहे हैं, भूल गए क्या?"

"अरे, नहीं। ऐसी बात नहीं है। मेरा मतलब, मैं तुम्हारे लिए खुश हूँ। बस मेरे मन ने कहा कि शायद तुम अकेली हो। क्या नाम है उसका?"

"प्लूटो।"

"यह तो किसी कुत्ते का नाम लग रहा है," रणबीर ने कहा और बनावटी हँसी हँसा।

"लगेगा ही, क्योंकि यह सच में एक कुत्ते का नाम है।"

यह सुनकर रणबीर के चेहरे पर मुस्कुराहट आ गई और उसे यह बातचीत फिर अच्छी लगने लगी।

"तो तुम एक प्यारे से कुत्ते के साथ रिश्ते में हो?"

"हाँ, क्योंकि वह किसी भी इनसान से बेहतर है। मेरे एक्स बॉयफ्रेंड से तो निश्चित रूप से बहुत बेहतर है।"

"मैं मानता हूँ। मुझे भी कुत्ते पसंद हैं, और वास्तव में, मैं भी एक गंभीर रिश्ते में बँधने के लिए एक बिच (कुतिया) की तलाश में हूँ। शादी जैसे रिश्ते में···" रणबीर ने उसे छेड़ा।

"तुम प्लूटो की एक्स गर्लफ्रेंड से शादी कर सकते हो। वे भरोसे के मुद्दे पर अलग हो गए थे।"

"तब तो हम एक परिवार का हिस्सा हो जाएँगे।"

"हाँ, लेकिन अपनी पत्नी से कहना मेरे प्लूटो से इश्कबाजी करने की हिम्मत न करे। वह सिर्फ मेरा प्यार है और उस पर सिर्फ मेरा हक है।"

"तुम पागल हो, पीहू। तुमसे बात करने में बहुत मजा आ रहा है।"

"एक लेखक का ऐसा कहना मेरी बोलने की योग्यता के बारे में बहुत कुछ दरशाता है। अच्छा है, तुमने मेरा दिन बना दिया।"

"तुमने भी मेरा दिन बना दिया। आज मेरे लिए बहुत बुरा दिन था, लेकिन तुमसे बात करने के बाद वह एक अच्छे नोट पर खत्म हुआ है।"

"थैंक यू, रणबीर। ये मेरे लिए बहुत बड़ी बात है।"

"मुझे लगता है कि मुझे अब सो जाना चाहिए। बहुत देर हो गई है और मुझे सुबह जल्दी उठना है, क्योंकि कल से मैं दोबारा जिम जाना शुरू करनेवाला हूँ।"

"तुम कुछ और मसल्स के साथ बहुत हॉट लगोगे। तुम्हारी एक सिक्स पैक वाली तसवीर मिलेगी तो मुझे अच्छा लगेगा।"

"काश मैं वहाँ आ पाता तो तुम्हें अपने मसल्स दिखाना मुझे बुरा नहीं लगता," रणबीर ने कहा।

"बहाने, बहाने। यार, मैं सब समझ रही हूँ! अच्छा गुड नाइट। चलो, अब जाओ," पीहू ने प्यार से कहा।

"गुड नाइट।"

रणबीर ने फोन नहीं काटा, बल्कि उसके ऐसा करने का इंतजार करता रहा।

"क्या तुम मेरे 'आई लव यू' का इंतजार कर रहे हो?"

रणबीर जोर से हँस पड़ा। "नहीं, मैं तुम्हारे फोन काटने का इंतजार कर रहा था।"

पीहू भी हँसने लगी और फिर उसने फोन काट दिया।

अपने बिस्तर की ओर जाते हुए रणबीर के चेहरे पर बहुत हलकी सी मुस्कुराहट थी। आखिर अब जाकर वह अपने जीवन, अपनी किताब और अपनी नई दोस्त पीहू के बारे में सोचकर बेहतर महसूस कर रहा था।

□

नवंबर का महीना आ गया था, और अपने साथ सर्दियों की तीखी, ठंडी हवाएँ भी ले आया था। पुस्तक के लोकार्पण के बाद से रणबीर के जीवन में बहुत कुछ हो रहा था। उसने कुछ शहरों में बुक रिलीज के कार्यक्रम निर्धारित किए थे, जहाँ वह पाठकों से मिलकर पुस्तक के बारे में बात कर सकता था।

सप्ताह के अंतिम दिनों में उसे ऑफिस से छुट्टी लेकर अपनी किताब के प्रमोशन के लिए विभिन्न शहरों की यात्रा करनी थी। उसके दोस्त और परिवार उसकी इस प्रगति से बहुत उत्साहित और प्रसन्न थे। एक भी दिन ऐसा नहीं बीतता था, जब उसे उसके प्रशंसकों के मेल्स न मिलते हों। इससे रणबीर खुद के बारे में बहुत अच्छा महसूस करता था।

अदा ने भी अपने अशिष्ट व्यवहार के लिए उससे माफी माँगी और फिर रणबीर को मनाने और अपने पास वापस लाने में उसे एक मिनट से भी कम समय लगा। अदा ने यह भी कहा कि रणबीर से बात किए बिना उसे बिल्कुल अच्छा नहीं लग रहा था और अब उन्हें एक-दूसरे से लड़ना बंद कर देना चाहिए। अदा के बरताव में अचानक आया यह बदलाव एक सुखद आश्चर्य था। हमेशा इतनी मूडी और अप्रत्याशित रहनेवाली अदा को लेकर, पिछले कुछ वर्षों में यह एकमात्र अनपेक्षित बदलाव था, जो रणबीर को अच्छा लगा।

दूसरी ओर, रणबीर और पीहू की फोन पर काफी लंबी बातचीत होने लगी थी। एक-दूसरे के कॉल या मैसेज का इंतजार करते हुए, वे घंटों फोन से चिपके रहते थे।

रणबीर और पीहू अपनी पहली मुलाकात की योजना भी बनाने लगे थे। उसके लिए पीहू मुंबई आनेवाली थी। कुछ साल पहले वह अपने परिवार के साथ मुंबई छोड़कर अहमदाबाद रहने चली गई थी। रणबीर ने अभी से उस दिन के लिए योजनाएँ बनानी शुरू कर दी थीं। वह उस मुलाकात को लेकर बहुत उत्साहित था।

रणबीर के कंपनी हेड को बदल दिया गया था, जिससे उसकी कॉर्पोरेट

जीवनशैली में एक अचानक और विनाशकारी बदलाव आ गया था। चीजें अब पहले जैसी शांत नहीं थीं। वे बदल गई थीं, और वह भी बेहतर के लिए नहीं।

उस दिन देर शाम एक अर्जेंट मीटिंग बुला ली गई थी और उसे अदा के साथ डिनर की योजना रद्द करनी पड़ी थी।

उसका बॉस सपाट चेहरे के साथ अपने केबिन में बैठा था और उसके आस-पास जैसी चुप्पी थी, वह पहले भी कई लोगों की खुशी बरबाद कर चुकी थी। उसके काम करने की शैली के बारे में बहुत कुछ कहा और किया जा चुका था; एक चीज जो कभी नहीं बदलती थी, वह थी उसके कर्मचारियों के प्रति उसका दयनीय बरताव।

"सबका स्वागत है। आप सब को इस समय बुलाने के लिए मुझे बहुत खेद है, लेकिन मेरा विश्वास करें, मैं आपका दो मिनट से ज्यादा समय नहीं लूँगा।"

"मिलिंद, रणबीर, करण। जे.ए.एस. में आपमें से प्रत्येक की तिमाही अच्छी नहीं रही है। शीर्ष प्रबंधन बदल गया है और अगर मैं आप जैसे गैर-निष्पादनकर्ताओं के खिलाफ कोई सख्त काररवाई करता हूँ तो उन्हें कोई एतराज नहीं होगा। आप समझ रहे हैं?"

सबने घबराते हुए सिर हिलाया।

"तुम लोग चुप क्यों हो बेवकूफों? जब मेरा बॉस मुझसे बात करता है, तो मैं जवाब देता हूँ···और तुम्हें यहाँ चुप रहने की इजाजत नहीं है।"

"इस बार हम अपना टारगेट हासिल कर लेंगे, सर," रणबीर ने जवाब दिया।

"मैं भी सुनिश्चित करूँगा कि अपने सभी बकाया टारगेट हासिल कर लूँ," मिलिंद ने कहा।

"मेरे पास एक हफ्ते के अंदर एक डील आनेवाली है, सर। मैं समय से पहले ही अपना टारगेट पूरा कर लूँगा," करण ने भी कहा।

"ये सब एक इ-मेल में डाल कर महीने के अंत में मुझे रिपोर्ट करिए। अगर किसी भी कारण से आप लोग इसे हासिल नहीं कर पाते, तो विश्वास करिए, मैं आपकी जिंदगी खराब करने के लिए किसी भी हद तक चला जाऊँगा। बेहतर होगा कि आप लोग 24×7 काम करना शुरू कर दें। समझ गए?"

"जी, सर!" तीनों ने एक साथ कहा।

"जाइए अब!"

तीनों बिना कुछ बोले गलियारे में चलते रहे। उन्होंने एक-दूसरे की ओर देखे

बिना अपने बैग उठाए और ऑफिस के निकास द्वार की ओर चलने लगे। लिफ्ट का इंतजार करते हुए तीनों चुपचाप, निराश खड़े रहे। लिफ्ट ऊपर आई तो तीनों उसमें घुस गए और एक-दूसरे की ओर देखने लगे। लिफ्ट का दरवाजा बंद हुआ तो रणबीर ने सपाट चेहरा बना लिया। मिलिंद ने उसकी नकल करते हुए बिल्कुल वही पंक्तियाँ दोहराईं, जो उसने बॉस से कही थीं, और फिर तीनों ठहाका मार कर हँसने लगे।

"काश उसका हजारों कर्मचारियों के सामने अपमान हो और सबको उसे फ्री हिट देने का मौका मिले," मिलिंद ने कहा।

"खैर, जो भी हो, हमें अब दूसरी नौकरी की तलाश करनी पड़ेगी। हम यहाँ ज्यादा दिन नहीं रह पाएँगे।"

"सही बात है। मेरे पीछे तो मेरा परिवार है और वह मेरे लिए चिंता का विषय है। मैं तो जल्दी ही दूसरी जगह आवेदन देना शुरू कर दूँगा।"

"वैसे आज का दिन बहुत लंबा और थकाऊ था। मैं घर जाकर आराम करना चाहता हूँ," करण ने कहा।

"और मुझे तो घर के रास्ते में बहुत ज्यादा ट्रैफिक मिलने वाला है," मिलिंद ने कहा।

तीनों ने एक-दूसरे को अलविदा कहा, गले मिले और अपने-अपने रास्ते चले गए। ऑफिस में एक थकान भरे और खराब दिन के बाद, वे हमेशा थोड़ी देर के लिए मिलकर एक-दूसरे से दिल की बातें कर लेते थे। ऑफिस के ऐसे मुश्किल दिनों में, वे जानते थे कि उनके पास भावनाएँ साझा करने के लिए एक-दूसरे का साथ था। कभी-कभी उन्हें बस यही चाहिए होता था। न इससे ज्यादा और न इससे कम।

रणबीर ने अपनी नौकरी के बारे में चर्चा करने के लिए लक्ष्य को पास की टपरी में बुलाया। लक्ष्य ने उसे सुझाव दिया कि दूसरी नौकरी तलाश करने से पहले वह कुछ दिन यहीं टिका रहे। फिर उसे याद आया कि उसे अदा से मिलना था। उसने अदा को फोन किया तो पता चला कि उसका कॉल बहुत देर से वेटिंग पर था। उसने शाम का कार्यक्रम रद्द करने के लिए उसे एक सॉरी का संदेश भेजा, और जैसी कि उसे उम्मीद थी, अदा का कोई जवाब नहीं आया।

वह सोने की तैयारी कर रहा था कि पीहू ने उसे मैसेज किया, जिसमें लिखा था, "आज कोई इतना व्यस्त है कि मेरे मैसेज का जवाब देने का भी समय नहीं है।"

यह पढ़कर उसके चेहरे पर मुस्कुराहट आ गई और उसने जवाब दिया, "माफ करना, आज का दिन बहुत बुरा था और मेरे बॉस ने मेरी खुशी की इतनी ऐसी-तैसी की जैसी पहले कभी नहीं की थी। इसलिए आज मैं डाँट खाने में व्यस्त था।"

"अरे यार! यह तो सुनने में ही भयानक लग रहा है। तुम्हें आराम करना चाहिए। मैं तुम्हें कल कॉल करूँगी, क्योंकि तुम्हारे लिए एक सरप्राइज है।"

"यह बात तो मुझे रातभर जगाए रखेगी, मुझे सरप्राइज बहुत पसंद है।"

"हा, हा। गुड नाइट।"

ऑफिस में एक बुरे दिन के बाद, पीहू के मैसेज ने उसका दिन बना दिया और वह चेहरे पर एक खुशी भरी मुस्कान लेकर सो गया। जाने-अनजाने, पीहू उसके जीवन का महत्त्वपूर्ण हिस्सा बनती जा रही थी। एक ऐसा हिस्सा, जो आजकल उसे सबसे ज्यादा अच्छा लगता था।

*

सुबह के पाँच बजे थे और अधिकांश लोगों की तरह वह भी सो रहा था, जब उसका फोन लगातार बजना शुरू हो गया। वह आँखें मलते हुए उठ गया। फोन पर अदा थी। इस समय उसका फोन आने से वह अचानक चिंतित हो गया और सोचने लगा कि सबकुछ ठीक है या नहीं।

"हे, तुम ठीक हो न?" उसने जल्दी से पूछा।

"हाँ, मैं ठीक हूँ।"

"क्या हुआ स्वीटहार्ट? तुमने इतनी सुबह फोन किया?"

"रणबीर, मेरी दादी हॉस्पिटल में हैं और उनकी हालात बहुत गंभीर है। मेरे मम्मी-डैडी ने मुझे तुरंत फोन कर दिया, क्योंकि वे आज का दिन भी शायद ही निकाल पाएँ।"

"ओह, वैसे मैं तुम्हारी दादी के बारे में तो जानता ही नहीं था। तुम अपना और घर में सबका ध्यान रखना।"

"हाँ, हम कभी उनके बारे में बात नहीं करते थे। हम उनके ज्यादा करीब नहीं हैं। लेकिन हाँ, अभी मुझे जाना है और मुझे ये सब बहुत बुरा लग रहा है। मैं उम्मीद करती हूँ कि किसी चमत्कार से वे ठीक हो जाएँ, ताकि हम अपने खोए हुए समय की भरपाई कर पाएँ।"

"वे जरूर ठीक हो जाएँगी। उम्मीद मत छोड़ो। कोई मदद चाहिए हो तो मुझे जरूर बताना।"

"हाँ, लेकिन किसी को कॉल करके इस बारे में मत बताना।"

"मैं ऐसा क्यों करूँगा?"

"नहीं, बात यह है कि इस बारे में ज्यादा लोग नहीं जानते हैं। मेरी फ्लैटमेट्स भी नहीं।"

"ठीक है। मैं समझता हूँ।"

"तुम भी मुझे कॉल करने की कोशिश मत करना। मुझे जब भी समय मिलेगा मैं ही कॉल करूँगी।"

"ओ.के. मैं तुम्हारे कॉल का इंतजार करूँगा। हिम्मत रखना, सब ठीक हो जाएगा।"

"हाँ, थैंक्स, बाय।"

"बाय।"

उसने अदा के इस भावुक पक्ष को कभी महसूस नहीं किया था। उसे अदा के लिए बुरा लग रहा था। अदा की परेशानी उसके लिए काफी मायने रखती थी और इस खबर ने उसकी नींद उड़ा दी। यह अदा का दूसरा, बिल्कुल अलग पहलू था, जो बहुत भावुक, स्नेही और मधुर था। वह जानता था कि प्रार्थना से स्थिति नहीं बदलेगी, फिर भी वह उम्मीद कर रहा था कि इस बार नियम बदल जाएँगे और उसकी दादी चमत्कारिक तरीके से ठीक हो जाएँगी।

"मैंने पहले कभी तुम्हें इस तरह नहीं देखा है और इसलिए यह सब और बुरा लग रहा है। लेकिन हाँ, मुझे तुम्हारा यह रूप बहुत अच्छा लगा और विश्वास करो, यदि तुम सकारात्मक बनी रहोगी, तो तुम्हारी दादी के साथ सबकुछ ठीक होगा और उन्हें कुछ नहीं होगा, क्योंकि उनके साथ उनकी प्यारी और सुंदर सी पोती है, जो उन्हें दुनिया की किसी भी चीज से ज्यादा प्यार करती है। जल्दी से दादी को ठीक करो और मुझे कॉल करो। मैं तुमसे बात करने का इंतजार करूँगा।" रणबीर ने अदा को मैसेज किया और उसके जवाब का इंतजार करने लगा, लेकिन उसका जवाब नहीं आया। शायद उसके दिमाग में बहुत कुछ चल रहा था।

□

तीन दिन बाद भी रणबीर अदा के जवाब की प्रतीक्षा कर रहा था। उसने रणबीर के मैसेज का जवाब नहीं दिया था, जिसके कारण वह दिन-रात परेशान रहता था। उसने अदा को एक बी.बी.एम. मैसेज भी भेजा, लेकिन मैसेज पढ़ने के बाद भी उसने जवाब नहीं दिया।

बहुत सोचने के बाद, उसने अदा की फ्लैटमेट वीजे से पूछने का फैसला किया, लेकिन उसे भी स्थिति की कोई जानकारी नहीं थी और वह भी रणबीर की तरह डर गई। उसने कुछ पता चलते ही रणबीर को कॉल करने का वादा किया।

रणबीर ने उसके अन्य दोस्तों से भी संपर्क करने की कोशिश की, लेकिन कहीं से मदद नहीं मिली। उसे कई तरह के विचार परेशान कर रहे थे, और तभी उसके पास अदा की सहकर्मी निशा का फोन आया।

"हाय रणबीर, अदा कहाँ है ? वह किसी का फोन कॉल नहीं ले रही है।"

"मैं जानता हूँ। उसकी दादी बीमार हैं और जब हमारी अंतिम बार बात हुई तो वह वास्तव में काफी तनाव में लग रही थी, निशा। प्लीज तुम ऑफिस में स्थिति सँभाल लेना।"

"वैसी कोई चिंता की बात नहीं है, रणबीर। असल में उसकी मम्मी ने ऑफिस के लैंडलाइन नंबर पर कॉल किया था और मुझे यह जानकर बहुत हैरानी हुई कि उन्हें भी उसका पता-ठिकाना नहीं मालूम था और वे जानना चाहती थीं कि अदा कहाँ है।"

रणबीर यह सुनकर स्तब्ध रह गया और कुछ क्षण उसके मुँह से आवाज नहीं निकली। फिर उसने निशा को आश्वासन देते हुए फोन रख दिया कि जैसे ही अदा के बारे में कुछ पता चलेगा, वह उसे वापस कॉल करेगा।

रणबीर बिना कोई स्पष्टीकरण दिए, बॉस को एक मेल डाल कर ऑफिस से निकल गया—

"मैं छुट्टी लेकर जा रहा हूँ, क्योंकि मुझे माइग्रेन का गंभीर दर्द हो रहा है

और मुझे डॉक्टर के पास जाने की आवश्यकता है। आप मीटिंग में हैं, इसलिए मैंने आपको परेशान करना उचित नहीं समझा।"

वह नीचे पहुँचा ही था कि उसके बॉस ने उसे बार-बार कॉल करना शुरू कर दिया। उसने बॉस का कॉल नहीं लिया, बल्कि खुद बार-बार अदा को कॉल करता रहा। उसने फोन नहीं उठाया। उसने अलग-अलग नंबरों से उसे कॉल करने की कोशिश की, लेकिन उसने फिर भी जवाब नहीं दिया। उसने एक सिगरेट जलाई और कोने में एक पेड़ के नीचे बैठकर एक घंटे में सिगरेट का पूरा पैकेट खत्म कर दिया।

उसने बड़ौदा जाने का फैसला किया और बाइक स्टार्ट करने से पहले अंतिम बार उसका नंबर मिलाया। बाइक स्टार्ट हुई तो उसने अपना मोबाइल दाहिने हाथ में रख लिया। उसी समय उसने कॉल टाइमर को शुरू होते देखा। उसने जल्दी से बाइक का इग्निशन बंद कर दिया।

"हैलो," अदा ने कहा तो उसकी तनावग्रस्त नसों को आराम मिला। उसकी आवाज ने उन बुरे-से-बुरे विचारों को विराम दे दिया, जिन्होंने उसे लगभग यकीन दिला दिया था कि अदा का अपहरण या रेप हो गया था, या उससे भी बुरा, वह मर गई थी।

"कहाँ हो तुम, अदा? तुम कैसी हो बेबी? तुम ठीक हो न? किसी मुसीबत में तो नहीं हो?"

"मैं बिल्कुल ठीक हूँ, रणबीर। इतना घबराने की कोई जरूरत नहीं है और प्लीज मुझसे इतने सवाल करना बंद करो।"

"अदा, दुनिया का हर आदमी तुम्हारे लिए परेशान है और तुम ऐसे दिखा रही हो जैसे कुछ हुआ ही नहीं।"

"हाँ, मेरी मरजी है। तुम्हें इससे कोई मतलब नहीं होना चाहिए।"

"तुम्हारा कमबख्त दिमाग खराब हो गया है क्या? तुम्हारी मम्मी ऑफिस में फोन करके तुम्हारा पता-ठिकाना पूछ रही थीं। क्या उन्हें नहीं पता कि तुम अपनी दादी के साथ हो?"

"मेरी दादी की मौत पाँच साल पहले हो गई थी, रणबीर।"

"तब तुम बड़ौदा में क्या कर रही हो?"

"मैं बड़ौदा में नहीं हूँ।"

"तो फिर कहाँ हो?"

"मैं भोपाल में हूँ।"

उसने यह नाम सुना तो उसके शरीर में ठंडी लहर दौड़ गई। कुछ पल दोनों में से कोई कुछ नहीं बोला और फिर अदा ने खुद ही बताया—

"मैं यहाँ अपने एक्स बॉयफ्रेंड रेहान से मिलने आई हूँ। वह दो महीने में शादी करनेवाला है और मैं शादी से पहले एक बार उससे मिलना चाहती थी।"

रणबीर सन्न हो गया, और सोचने लगा कि उसे यह बात छुपाने की क्या जरूरत थी?

"तुमने मुझे बताया क्यों नहीं?" उसकी आँखें क्रोध के आँसुओं से भर गईं।

"जैसे कि तुम इसके लिए मान जाते, रणबीर।"

"शायद मान भी जाता।"

"नहीं, तुम ऐसी किसी बात के लिए कभी नहीं मानते।"

"फिर भी वह तुम्हारे इस तरह झूठ बोलने से तो बेहतर ही होता। आज तुमने मेरा प्यार और भरोसा तोड़ दिया, अदा।"

"हम यहाँ प्यार नहीं रहे हैं, रणबीर। एक पागल आदमी की तरह व्यवहार मत करो।"

"पर तुम वहाँ गई किसलिए?"

"मेरे और रेहान के बीच कुछ चीजें थीं, जिन्हें साफ करना जरूरी था। मैं उन बातों को हमेशा के लिए खत्म करने यहाँ आई हूँ।"

"तो उन बातों के हल मिल गए या तुम्हें और यात्राओं की जरूरत है?"

"मुझे इस तरह परेशान मत करो, वरना यह हमारी आखिरी बातचीत होगी। मेरे पास सिर्फ एक दिन बचा है, इसलिए मुझे एक आखिरी बार मेरा जीवन जीने दो। मेरा दिमाग मत खराब करो। मैं जब कल घर पहुँच जाऊँगी तो हम बात करेंगे, और प्लीज जब मैं मुंबई पहुँचूँ तो अपनी बीमार शक्ल लेकर मेरे फ्लैट पर मत आना।"

रणबीर पेड़ के नीचे बैठकर रो रहा था। उसके जीवन के पिछले दो मिनटों ने उसे बुरी तरह तोड़ दिया था और वह समझ नहीं पा रहा था कि उसके साथ अभी-अभी क्या हुआ था। उसने संभवत: अदा को सबकुछ दिया था और यह अंतिम चीज थी, जिसकी उसने अपने रिश्ते से उम्मीद की थी। उसके लिए, उसका समय अभी शुरू ही हुआ था और अपने उपन्यास के प्रकाशित होने के बाद वह खुद के बारे में काफी अच्छा महसूस कर रहा था। यह उसके जीवन का वह समय था, जब वह

सिर्फ सुखद आश्चर्यों की आशा कर रहा था, और कुछ नहीं। लेकिन उसे जो मिला था, वह उसके जीवन का सबसे बुरा झटका था।

वह मानसिक रूप से बहुत कमजोर महसूस कर रहा था। उसने अपनी बाइक स्टार्ट की और लक्ष्य को मैसेज किया, "प्लीज अगले पंद्रह मिनट में घर आ जाओ। बात बहुत जरूरी है और मेरे जीवन के बारे में है। कॉल मत करना। इस समय मुझे तुम्हारी सबसे ज्यादा जरूरत है।" लक्ष्य ने जवाब दिया, "मैं तुमसे पहले घर पहुँच जाऊँगा। चिंता मत करो।"

रणबीर उन घटनाओं के बारे में सोचता रहा, जो उसे वहाँ लाई थीं। उसने ट्रैफिक के कई नियम तोड़ दिए, क्योंकि उसका सिर दर्द से फट रहा था और वह जानता था कि यदि वह कुछ देर और अकेला रहा तो उसे ऐसा सिर दर्द हो जाएगा जैसा कभी नहीं हुआ था। उसे महसूस हो रहा था कि वह इस स्थिति में खुद को ही खो रहा था, अपने मन की गहराई में वह जानता था कि वह हार मान रहा था और अब उस स्थिति से वापस नहीं लौट सकता था; क्योंकि उसके अनुसार, सबकुछ खत्म हो चुका था। यहाँ तक कि उसका उपन्यास भी उसे खुशी नहीं दे पा रहा था।

वह अपने घर से दस मिनट की दूरी पर था और लगातार रो रहा था। ट्रैफिक में कुछ लोग उसे सहानुभूति के साथ देख रहे थे और कुछ मनोरंजन के रूप में। वह जानता था कि यदि कोई उसे इस समय समझ सकता था तो वह लक्ष्य था। वह उसके सामने अपना दिल हलका करना चाहता था। वह लक्ष्य को बताना चाहता था कि अदा को लेकर उसने जो भी अब तक कहा था, वह सही था, जबकि खुद उसने हमेशा अदा का पक्ष लेकर गलत किया था। उसे डर था कि लक्ष्य पहले उसकी सलाह न मानने के लिए उसे डाँटेगा। वह जानता था कि अदा ने कभी उसे वैसा प्यार नहीं किया था, जैसा उसने अदा से किया था। लक्ष्य ने उसे कई बार चेतावनी भी दी थी, लेकिन उसने कभी उसकी बात नहीं सुनी।

तभी उसे जेब में रखे मोबाइल का वाइब्रेशन महसूस हुआ। वह अदा का एक मैसेज था, "तुम्हें कोई कॉल करे तो यह सब मत बताना। इससे लोग हमारे रिश्ते के बारे में अच्छा नहीं सोचेंगे।"

रणबीर ने जवाब नहीं दिया। फिर उसे एक और मैसेज मिला—

"मैं फ्लैट पर हूँ। तुम्हारा इंतजार कर रहा हूँ। जल्दी आओ, भाई।"

□

रणबीर ने फ्लैट में प्रवेश किया तो हताश और हारा हुआ लग रहा था। उसकी आँखें सुर्ख लाल हो रही थीं और लक्ष्य को यह समझने में एक पल भी नहीं लगा कि रणबीर की इस हालात की जिम्मेदार अदा थी।

अपना हेलमेट एक ओर फेंक कर रणबीर बिस्तर पर जा गिरा। जब लक्ष्य ने उसे गले लगाने की कोशिश की, तो उसने उसे कुछ देर के लिए चले जाने का इशारा किया। उसे लग रहा था कि वह पागल हो जाएगा और उसका सिर टुकड़े-टुकड़े हो जाएगा। वह कुछ देर बोल नहीं पाया, लेकिन लक्ष्य धीरज के साथ इंतजार करता रहा।

भारी दिल के साथ, वह दुःखी होकर रोने लगा। वह रोता रहा और बताता रहा कि उसके साथ क्या हुआ था, जबकि लक्ष्य उसे कसकर थामे रहा। रणबीर उसके सामने फूट-फूटकर रोता रहा, और यह जानते हुए कि सिर्फ लक्ष्य था, जो किसी बात के लिए उसका आकलन नहीं करेगा, उसने अपना दिल खोल कर रख दिया। सबकुछ कह लेने के बाद उसने रोना बंद कर दिया। अब वह कुछ हलका महसूस कर रहा था। लक्ष्य उसके लिए एक कप चाय ले आया।

"सच कहूँ तो मुझे कोई हैरानी नहीं हो रही है। मैं जानता था कि ऐसा ही होगा। उसे कभी तुमसे प्यार था ही नहीं। मैंने प्यार करनेवालों को देखा है; वे ऐसे बिल्कुल नहीं होते। वे एक-दूसरे के साथ रहने के लिए शर्तें नहीं रखते। लेकिन यह भी समझ लो कि यह सिर्फ उसकी गलती नहीं है। तुम्हारा भी उतना ही दोष है, क्योंकि तुमने उसे अपने साथ ऐसा बरताव करने दिया।"

"मुझे अफसोस है कि मैंने पहले तुम्हारी बात क्यों नहीं सुनी। अगर मैं हमारे रिश्ते को लेकर थोड़ा और व्यावहारिक होता, तो इस खबर ने मुझे इस तरह तोड़ा नहीं होता।"

"मानता हूँ, लेकिन देर कभी नहीं होती। इस बात को लेकर रोते रहने की तुम्हारी उम्र नहीं है। वैसे भी, हर कोई कभी-न-कभी इस तरह की परिस्थिति में

पड़ता है। लेकिन तुम्हें आगे बढ़ना है!"

"हाँ, लेकिन यह मेरे लिए आसान नहीं है।"

"मेरे लिए भी आसान नहीं था, लेकिन मैंने ऐसा किया। तुम भी कर सकते हो।"

"तुम्हारे अनुसार मुझे क्या करना चाहिए?"

"हर वह चीज, जो तुम्हारा ध्यान भटका सके।"

"बहुत मुश्किल है, हर चीज मुझे उसकी याद दिलाती है। हर तरह का संगीत, आस-पास की हर सड़क, हर मैसेज। हमने एक-दूसरे के साथ इतनी यादें बनाई हैं कि उन्हें भूल पाना बहुत मुश्किल है।"

"देखो, तुम अब बच्चे नहीं हो और तुम जो कुछ कह रहे हो, वह बिल्कुल बकवास है। किसी और के साथ नई यादें बनाओ और इन सबसे बाहर निकलो। तुम्हारे पास सिर्फ एक विकल्प है। आगे बढ़ो!"

"तुम ठीक कह रहे हो। मुझे आगे बढ़ना चाहिए। लेकिन काश यह इतना आसान होता।"

"बार-बार यह दोहराते रहने का कि यह आसान है या मुश्किल, कोई मतलब नहीं है। बस तुम्हें खुद यह समझना है कि चाहे यह दुनिया का सबसे मुश्किल काम हो, तुम्हें करना ही है।"

"हाँ!"

लक्ष्य उस पर चिल्लाता रहा, लेकिन रणबीर ने एक शब्द भी नहीं कहा।

"अच्छा सुनो, हम इसे तुम्हारे लिए आसान बना देते हैं। अच्छे लड़कों को कभी लड़कियाँ नहीं मिलतीं। देखो, दीपिका पादुकोण ने रणबीर को छोड़ दिया, और उसी के बाद वह उस जगह पर पहुँचा, जहाँ वह आज है। अक्षय कुमार, सलमान खान और उनके जैसे कई और सितारों को देख लो। ये सब कलाकार हैं और उन्हें जीवन में एक ब्रेक अप की जरूरत थी। तुम भी ऐसे ही एक बड़े आदमी बन सकते हो, बल्कि तुम्हारा नाम भी रणबीर है और तुम भी देखने में काफी अच्छे हो।"

लक्ष्य के इस विवरण से रणबीर के चेहरे पर मुस्कुराहट आ गई और वह बोला, "हाँ, तुम्हारी यह बात मुझे काफी मजेदार लग रही है।"

"यह सच में मजेदार है। तुम एक लेखक हो, एक उपन्यासकार। इस बात को एक प्रेरणा की तरह लो। अपनी कहानी का दूसरा भाग लिखो, उसे एक बेस्टसेलर

बनाना और बाद में अदा को तुम्हारे साथ ऐसा करने के लिए थैंक्स कहना।"

"तुम भी कमाल के आदमी हो," रणबीर अपने आँसुओं के बीच हँसने लगा।

"लेकिन मैं अपने किसी और दोस्त के लिए तुम्हें धोखा नहीं दूँगा।"

"हाँ, मैं इस उम्मीद के सहारे जी सकता हूँ।"

"मुझे यह बुरा नहीं लगेगा, जब तक तुम अपने दिल की बातें मुझसे करते रहोगे। तुम जानते हो अदा की बुराई करने में मुझे कितना मजा आता है।"

जवाब में रणबीर मुस्कुरा दिया।

तभी उसे अपने बॉस का एक मैसेज मिला, जिसमें लिखा था, "मुझसे बात किए बिना ऑफिस से जाकर तुमने बहुत गलत काम किया है। तुम्हें इसका नतीजा भुगतना पड़ेगा।"

रणबीर ने लक्ष्य को मैसेज दिखाया और बताया कि कैसे उसने दिन के बीच में ऑफिस छोड़ दिया था। लक्ष्य ने उसका नंबर नोट किया और रणबीर के बॉस को एक मैसेज टाइप करने लगा—

"हाय, मैं रणबीर का डॉक्टर हूँ। पेशे से एक एम.डी. हूँ और मुझे बीस वर्ष का अनुभव है। मैंने अभी उसे आपका मैसेज पढ़ते देखा, जिसने उसका माइग्रेन का दर्द और बढ़ा दिया है। मैं इस मामले को जाँच के लिए आगे ले जाना चाहता हूँ, क्योंकि कोई भी कंपनी आपको गंभीर बीमारी के दौरान काम करने के लिए मजबूर नहीं कर सकती। मैं आपसे फिर बात करूँगा, जब उसकी हालात में थोड़ा सुधार हो जाएगा। वह आपको बता देगा कि नतीजा वह भुगतेगा या आपको भुगतना पड़ेगा।"

एक मिनट के अंदर रणबीर को मेल द्वारा जवाब मिल गया, जिसमें लिखा था—

"कृपया अपना ध्यान रखना और पूरी तरह ठीक हो जाने पर ही वापस आना। मैं तुम्हारा काम सँभाल लूँगा। जल्दी ठीक हो जाओ और मेरी किसी मदद की जरूरत हो तो मुझे बताना।"

वे दस मिनट और बात करते रहे और लक्ष्य की बातों से रणबीर कुछ बेहतर महसूस करने लगा। सिर्फ लक्ष्य ही था, जो ऐसा कर सकता था। रणबीर ने अपने सिर दर्द के लिए कुछ दवाएँ लीं और सो गया, क्योंकि वह मानसिक और शारीरिक रूप से थका महसूस कर रहा था।

अपने कमरे की ओर जाते हुए लक्ष्य सोच रहा था कि यह फ्लैट कैसे एक पागलों का अड्डा हुआ करता था और कैसे अदा ने रणबीर की जिंदगी बरबाद कर

दी थी। उसे अपने फ्लैट की मौज-मस्ती याद आ रही थी और पहले वाले रणबीर की भी।

अगर अदा रणबीर का जीवन बेहतर बनाने के लिए कोई एक काम कर सकती थी, तो वह था, कुछ साल पहले रेहान से रिश्ता तोड़ने के बाद रणबीर का प्रस्ताव अस्वीकार कर देना।

जो कुछ हुआ, उससे लक्ष्य रणबीर को शांत करने में तो सफल हो गया था, लेकिन वह निश्चित रूप से जानता था कि आनेवाले दिनों में यह टूटा रिश्ता बहुत कुछ कहेगा और उसे सुनिश्चित करना पड़ेगा कि रणबीर पर उसका ज्यादा असर न हो और अदा को उसकी गलती का एहसास हो जाए। लक्ष्य चिंतित था, तनावग्रस्त था और इस बार रणबीर से कुछ अधिक दुःखी था।

□

रणबीर अकेलेपन से हमेशा से डरता था। जब भी वह अदा के साथ सुलह करता और दोनों के बीच के झगड़े को अनदेखा करता, उसे अकेलेपन से डर लगता। ऐसा लगता था, जैसे आत्मसम्मान की चाहत का कोई अस्तित्व नहीं था, और उन दोनों के बीच, जिनका शायद साथ में कोई भविष्य नहीं था, आपसी सामन्जस्य, उम्मीद और प्यार सिर्फ सैद्धांतिक संभावनाएँ थीं।

एक पूरे दिन के बाद, रणबीर सुबह-सुबह उठ गया। वह इतना थका हुआ था कि वह पूरे एक दिन और एक रात सोता रहा। वह यह देखने के लिए उठा कि शायद अदा का कोई मैसेज हो, लेकिन उसे निराश होना पड़ा। लेकिन उसके पास किसी और का मैसेज आया था, जिसमें लिखा था—

"अदा के बारे में तुमसे कुछ बात करना चाहती हूँ। मुझे लगता है तुम्हें कुछ मालूम होना चाहिए। जब भी समय मिले कृपया मुझसे आकर मिलो।"

प्रेषक : बिच वीजे
04.00 ए.एम.
22/10/2012

रणबीर ने तुरंत उसे कॉल करके पूछा कि क्या बात थी। उसने जवाब नहीं दिया, लेकिन उसे एक मैसेज भेजा—

"मैं तुमसे बात नहीं कर सकती, क्योंकि मेरी दूसरी फ्लैट मेट यहीं है। अगर हो सके तो प्लीज मुझसे आज रात 8 बजे मिलो। तब तक मैं शूट से वापस आ जाऊँगी। अदा कल सुबह वापस आ रही है। अपना ध्यान रखना। प्लीज अदा को मत बताना कि मैंने तुमसे बात की थी, वरना सबकुछ मेरे सिर पर उलटा पड़ जाएगा।"

"ठीक है। मैं आ जाऊँगा," रणबीर ने जवाब दिया।

फिर उसने पीहू के पाँच मिस्ड कॉल्स और एक व्हाट्सऐप मैसेज देखा।

"ऐसा लगता है तुम अपने प्रशंसकों के साथ काफी व्यस्त हो चुके हो। तुम्हारी सबसे पहली क्यूट फैन के बारे में क्या खयाल है? तुम भूल गए उसे? यह ठीक नहीं है। मैंने तुम्हें पाँच बार कॉल किया, लेकिन तुमने जवाब नहीं दिया। आशा है सब ठीक होगा।"

रणबीर ने उसकी डीपी देखी, जो बहुत प्यारी थी और उसके व्हाट्सऐप स्टेटस में लिखा था, "एक कलाकार से प्यार करो और वह तुम्हें हमेशा खुश रखने के लिए सभी सीमाएँ पार कर लेगा।"

पिछली रात उससे बात करने के बाद पीहू ने स्टेटस अपडेट किया था। उसका मैसेज पढ़कर रणबीर के चेहरे पर मुस्कान आ गई और एक पल के लिए उसने सोचा कि पीहू ने वह स्टेटस उसके लिए लिखा है। शायद हाँ, शायद नहीं।

"मेरी तबीयत थोड़ी खराब थी और मैं कल पूरे दिन सो रहा था। लेकिन तुम्हें जवाब न दे पाने के लिए मैं सच में माफी चाहता हूँ।" रणबीर ने एक विनम्र जवाब भेजा।

वह बिस्तर से उठा तो उसने देखा कि लक्ष्य अभी भी आराम से खर्राटे भर रहा था। उसने कॉफी बनाई और लक्ष्य को जगाया।

"हे भगवान्, अगर यह सपना है तो मेरे चेहरे पर एक थप्पड़ मारो।"

"ऐसे मत करो, जैसे मैं तुम्हारी बीवी हूँ। मैं बस जल्दी उठ गया तो सोचा कॉफी बना लूँ।"

"एक ब्रेक-अप ने तुम्हें पूरी तरह बदल दिया है और तुम पहले जैसे हो गए हो। अगर तुम रोज सुबह इसी तरह कॉफी बनाओगे, तो मैं भगवान् से प्रार्थना करूँगा कि तुम जीवन में फिर कभी किसी चक्कर में न पड़ो," लक्ष्य ने मजाक किया।

"तुम अपने बकवास चेहरे की तरह बकवास बात करते हो। वैसे भी, अभी मैं किसी रिश्ते में पड़ने के मूड में नहीं हूँ। उससे अच्छा मैं कुँवारा मर जाऊँ।"

तभी कंप्यूटर टेबल पर रखा उसका मोबाइल वाइब्रेट करने लगा। दोनों ने डिस्प्ले स्क्रिन पर आ रहा नाम देखा। पीहू।

"वैसे जब तक तुम्हारी क्यूट महिला प्रशंसक जिंदा है, तुम कुँवारे नहीं मरोगे।"

"हाँ, हाँ। अभी मैं एक बुरे रिश्ते से बाहर भी नहीं निकला हूँ और तुम मुझे दूसरे की ओर धकेल रहे हो।"

"नहीं, तुम अपनी मरजी से इसमें प्रवेश कर रहे हो।"

"छोड़ो यार, तुम पागल हो गए हो।"

"अच्छा! तुम्हें उसका मैसेज देखने के बाद अपने चेहरे की मुस्कुराहट देखनी थी।"

"तुम सच में पागल हो गए हो। वैसे मैं तुम्हें कुछ दिखाना चाहता हूँ," उसने कहा और लक्ष्य को वीजे का मैसेज दिखाया।

"हैरानी की बात है। वैसे तुम्हें उस हॉट लड़की के पास जाना चाहिए। वह तुमसे सहानुभूति दिखाने के बहाने तुम्हारे साथ कुछ भी करने को तैयार हो जाएगी।"

"मैं उससे अदा के बारे में जानकारी पाने के लिए मिल रहा हूँ और तुम मुझे उसके साथ रात बिताने को कह रहे हो?"

"क्यों नहीं? वह इतनी हॉट ही है।"

"तुम्हारा कुछ नहीं हो सकता।"

"तुमने कभी उसे ध्यान से देखा है? मैं तो उसके साथ रहने के लिए कई दिन का खाना छोड़ सकता हूँ।"

"तुम बाद में कल्पना करते रहना। बताओ तुम्हारा क्या सोचना है? वह मुझे क्यों बुला रही है?"

"यकीन से नहीं कह सकता। मुझे उस पर भरोसा नहीं है। हो सकता है कोई बात हो, जो वह तुमसे साझा करना चाहती है और उसे लगता है, तुम्हें वह बात पता होनी चाहिए।"

"हाँ, लेकिन वह ऐसा क्यों करेगी?"

"यह तो तुम्हें उससे मिलने के बाद पता चलेगा। मैं चाहता हूँ तुम उससे मिलो और उसकी पूरी बात सुनो, लेकिन उस पर आँख बंद करके विश्वास मत करो। अपनी बातचीत रिकॉर्ड कर लेना।"

"क्यों?"

"अपने बचाव के लिए, और अपने रिकॉर्ड में रखने के लिए।"

"हाँ, तुम्हारी बात तो ठीक है।"

"मेरी बात हमेशा ठीक रहती है। उससे मिलने के बाद मुझे कॉल करना।"

रणबीर ने देखा कि लक्ष्य अपना बैग उठाकर दरवाजे की ओर भाग रहा है।

"हाँ, पक्का। लेकिन तुम इतनी सुबह कहाँ जा रहे हो?"

"आज मेरा बीच वर्क-आउट है, इसलिए जुहू बीच जा रहा हूँ।"

"अरे वाह। यह तो बहुत अच्छी बात है।"

"तो मेरे जिम में आना शुरू कर दो। बहुत मजा आता है वहाँ।"

"सोचूँगा इस बारे में।"

"वे दिन गए, जब रणबीर पहले चीजें करता था और फिर सोचता था," लक्ष्य ने मुस्कुरा कर कहा और रणबीर को उसके विचारों के साथ अकेला छोड़कर निकल गया।

रणबीर उठा और स्टोर रूम में जाकर अपने पुराने डम्बल्स खोजने लगा, जो धूल से भरे एक कोने में पड़े थे। उसने उन्हें उठाया, साफ किया और फ्लैट की खुली जगह में व्यायाम करने लगा।

वह जानता था कि उसे नए सिरे से जीवन शुरू करने की जरूरत है और इसके लिए उसे उन चीजों में व्यस्त हो जाना चाहिए, जिन्हें करने में उसे सबसे ज्यादा मजा आता था। उसने एक दस किलो का डम्बल उठाया तो उसे एहसास हुआ कि वह उसे दस बार लगातार नहीं उठा पाएगा। वह जानता था कि अब वह पहले जैसा मजबूत नहीं रह गया था। अपराध भाव के साथ उसने पाँच किलो वाला जोड़ा उठाया और मन में ठाना कि वह अपने पुराने फॉर्म में वापस आकर रहेगा।

□

रणबीर ने पूरा दिन, रात के इंतजार में बिताया, ताकि वह वीजे से मिलकर बात कर सके। वह जानता था कि उस पर पूरी तरह भरोसा नहीं किया जा सकता था, लेकिन वह यह भी जानता था कि इस मुलाकात से उसे कुछ जानकारी प्राप्त करने में सहायता मिलेगी। उसे वीजे पर कभी भरोसा नहीं था और वह उसे हमेशा से नापसंद थी, क्योंकि वह एक बिगड़ी हुई लड़की थी, जो इधर-उधर फ्लर्ट करती-रहती थी और अदा पर उसका बहुत असर रहता था। उसे हमेशा लगता था कि अदा को दुनिया का कोई भी लड़का मिल सकता था और वह बेकार में रणबीर के साथ रिश्ते में बँधी थी।

उनके रिश्ते में ऐसे पल भी होते थे, जब रणबीर वीजे और उसके दोस्तों के साथ बाहर जाने को लेकर अदा से नाराज हो जाता था। ऐसे दोस्त, जो अलग-अलग लड़कियों के साथ सोने के मौके ढूँढ़ते रहते हैं और अपने पैसों का दिखावा करके लड़कियों को जीतने की कोशिश करते हैं। रणबीर के साथ कुछ घटनाएँ ऐसी हुई थीं, जहाँ उसे अपमान का सामना करना पड़ा था, लेकिन वह उसके बारे में ज्यादा कुछ नहीं कर पाया था, क्योंकि अदा ने उसे प्रतिक्रिया न करने के लिए कहा था। वास्तव में अदा ने कभी उसकी या उसकी पसंद का सम्मान नहीं किया था। कभी-कभी अदा फोन पर उसका मजाक उड़ाती थी और रणबीर को पीछे से लड़कियों के हँसने की आवाज आती थी।

रात को खाना खाने के बाद उसने वीजे को मैसेज किया, "मैं दस मिनट में पहुँच रहा हूँ।"

"मैं तुम्हारा इंतजार कर रही हूँ। नीचे पहुँचकर मुझे कॉल करना," उसने जवाब दिया।

मन में बहुत सारे विचार लेकर उसने अपनी बाइक स्टार्ट की और उन कई जानी-पहचानी जगहों को पार करता हुआ बढ़ने लगा, जहाँ उसने और अदा ने साथ समय गुजारा था—एक पेस्ट्री शॉप, एक कैफे और एक उद्यान, जहाँ उन्होंने

कई सुबहें साथ में जॉगिंग करके बिताई थीं। वह जानता था कि इस रिश्ते में हमेशा उसे ही समझौता करना पड़ेगा, लेकिन वह यह नहीं जानता था कि एक दिन ऐसा आएगा, जब वह इस तरह अचानक रिश्ता खत्म कर देगी।

उसने वीजे के फ्लैट के नीचे पहुँचकर उसे कॉल किया। वीजे ने यह सोचकर फोन काट दिया कि वह नीचे आ चुका होगा। वीजे ने मिनी शॉर्ट्स के साथ पीले रंग की आरामदायक बिना बाँहों की टी-शर्ट पहनी थी। वह चाहे कितनी भी चालू लड़की हो, उसे फैशन की अच्छी समझ थी।

"चलो यहाँ से चलते हैं।"

"लेकिन क्यों?" रणबीर उलझन में था।

"क्योंकि मैं नहीं चाहती कि मेरी फ्लैट मेट्स को पता चले कि मैं तुमसे मिल रही हूँ; वे पाँच मिनट में बाहर निकलने वाली हैं और हमें देख लेंगी। अदा को हमारी मुलाकात का पता चलेगा को अच्छा नहीं होगा।"

"तब तुम कहाँ चलना चाहती हो?"

"हम लोखंडवाला के पीछे वाली सड़क पर जाकर बात कर सकते हैं," उसने कहा और बाइक पर उसके पीछे बैठ गई।

रणबीर ने बाइक स्टार्ट की और रियर व्यू मिरर में उसको देखा। वह सिगरेट पी रही थी और निश्चित रूप से सबका ध्यान आकर्षित कर रही थी। उसे लोगों का अपनी ओर देखना अच्छा लग रहा था। वह जानती थी कि वह बहुत हॉट लग रही थी। दूसरी ओर रणबीर उसके साथ देखे जाने पर घबरा रहा था। इससे निश्चित रूप से कुछ भौंहें चढ़ने वाली थीं।

एक ऑटोरिक्शा वाला जानबूझकर काफी देर से उनके पीछे आ रहा था; वीजे ने अपनी अंतिम सिगरेट उसकी जाँघों पर फेंक दी तो उसने अपना ऑटो मोड़ लिया। लोखंडवाला की पीछे वाली सड़क पर पहुँचने तक रणबीर ने एक शब्द भी नहीं कहा। दूर खड़ी कुछ बसों के अलावा सड़क सुनसान थी।

"अपनी बाइक यहाँ खड़ी कर दो। हम लोग टहलते हुए बात करते हैं," वीजे ने कहा और रणबीर के लिए रुके बिना चलना शुरू कर दिया। रणबीर ने झुँझलाते हुए बाइक पार्क की। उसे वीजे के रवैए पर गुस्सा आ रहा था। वह उससे सारी बातें जानना चाहता था। वे कुछ देर टहलते रहे और यह देखकर कि वह एक और सिगरेट जला रही थी, रणबीर ने स्पष्ट शब्दों में कहा, "वीजे, तुम सिगरेट बाद में भी पी सकती हो। क्या तुम प्लीज बताओगी कि तुमने मुझे यहाँ क्यों बुलाया है?"

"रणबीर, एक सिगरेट मुझे सब चीजें बताने से नहीं रोकेगी। देखो, मैं जानती हूँ कि तुम मेरे बारे में बहुत अच्छा नहीं सोचते हो और यह समझते हो कि मैं ही हूँ, जिसकी वजह से अदा और तुम्हारे बीच हमेशा चीजें बिगड़ती हैं। सच कहूँ, तो मुझे इस बात से कोई फर्क नहीं पड़ता।"

"ठीक है। लेकिन यहाँ मामला क्या है? काम की बात बताओ और मुझे जाने दो।"

"अदा तुम्हें लंबे समय से धोखा दे रही है, रणबीर।" यह कहते हुए वह काफी गंभीर लग रही थी। "कई मौकों पर उसने डेट पर जाने के लिए मेरे नाम का इस्तेमाल किया है, जबकि तुम्हें लगता था कि मैं तुम दोनों के साथ गेम्स खेल रही हूँ।"

"तुम अब मुझे ये सब क्यों बता रही हो?"

"क्योंकि तुम्हें लगता है कि मैं एक बिगड़ी हुई, बुरी लड़की हूँ, जबकि ऐसा नहीं है। और मुझे लगता है तुम उसके बारे में कुछ ज्यादा ही अव्यावहारिक और गंभीर हो, जबकि वह नहीं है। वह पिछले छह महीने से अपने एक्स बॉयफ्रेंड के संपर्क में है, और जब भी तुम आधी रात में उसे कॉल करते हो, वह उसी से बात कर रही होती है। और यह पहली बार नहीं है कि वह ब्रेक-अप के बाद उससे मिल रही है, हालाँकि तुम्हें पहली बार इसका पता चला है," उसने कहा।

उसके शब्दों ने रणबीर को बुरी तरह तोड़ दिया। अदा के लिए इतना सब करने के बाद उसे महसूस हो रहा था कि उसके साथ बहुत बड़ा धोखा हुआ था, उसका इस्तेमाल हुआ था। उनके बीच अकसर होनेवाली बहस और झगड़ों के बावजूद, उसने कभी नहीं सोचा था कि अदा उसे इस तरह धोखा देगी। उसने अदा के लिए जो किया था, उसका दस प्रतिशत भी किसी और लड़की के लिए किया होता, तो उसने खुशी-खुशी उसे अपने जीवन का एकमात्र मर्द बना लिया होता। उसे हर वो पल एक धोखा लग रहा था, जिसमें उन दोनों ने प्यार किया था, एक-दूसरे को चूमा था; उसे लग रहा था कि अदा के लिए वे सारे पल नकली थे। उसकी भावनाएँ, उसके चेहरे के भाव, अंतरंग पलों में उसकी सिसकारियाँ, सब बनावटी थीं। उसके मन में हर समय उसका पूर्व प्रेमी था। वह एक बहुत बड़ी झूठी थी।

वीजे झिझकती हुई उसकी ओर बढ़ी और बिना एक शब्द कहे, उससे लिपट गई।

"तुमने मुझे ये सब पहले क्यों नहीं बिताया?" उसने पूछा, यह भूलते हुए

कि उसे इस लड़की से पहली मुलाकात के समय से नफरत थी और वह अदा की दोस्त थी। वह एक बच्चे की तरह रोता रहा और वीजे ने उसे और कस के गले लगा लिया।

"मैंने उसके लिए सबकुछ किया। उसे खास महसूस कराने के लिए अपनी किताब भी उसको समर्पित की। मैंने हर वो काम किया, जो करने के लिए उसने मुझे कहा। मैंने अपना आत्मसम्मान छोड़ दिया, मैंने उसके कहने पर तब सूट खरीदा, जब मेरे पास उतने पैसे नहीं थे। मैंने शायद वो सबकुछ किया, जो उसने मुझे करने के लिया कहा। उसने मेरे भरोसे को इस बुरी तरह कुचला है कि मुझे कभी उसके साथ होने का पछतावा हो रहा है। वह हमेशा से ऐसी ही थी; उसने कभी मेरी भावनाओं की कद्र नहीं की।"

"रणबीर, ऐसा कुछ मत कहो, जिसका बाद में तुम्हें पछतावा हो," उसने उसे गले लगाते हुए, उसे सहज महसूस कराने के लिए कहा।

"वह मेरे पीठ पीछे भगवान् जाने कितने समय से किसी और के साथ चक्कर चला रही है और फिर भी मैं उसके खिलाफ कुछ कह नहीं सकता? मैं जाकर अपना सिर एक बड़े से ट्रक के नीचे रख दूँगा और यहीं अपनी जान दे दूँगा," उसने वीजे को लगभग धकेल दिया और अपनी जान देने के लिए अपनी बाइक की ओर भागा। वह गुस्से से उबल रहा था।

वीजे उसे रोकने के लिए उसके पीछे दौड़ने लगी, लेकिन रणबीर उसकी बात सुने बिना भागता रहा। वीजे ने अपनी हील्स उस पर फेंकी, ताकि वह पीछे मुड़ जाए या कम-से-कम आकर उसे चोट पहुँचाए, लेकिन वह नहीं रुका। वीजे और तेज दौड़ने लगी और रणबीर के पास पहुँचते ही उसने उसे जोर से थप्पड़ मारा। फिर उसने जोर से उसके बाल पकड़े और उत्तेजना और उग्रता के साथ उसे चूमने लगी। उसका गुस्सा शांत करने के लिए उसे मनाने लगी।

फिर एक भारी साँस लेते हुए, उसने रणबीर पर से अपने हाथ हटाए और कुछ पल उसकी ओर देखने के बाद, बिना कुछ कहे दूसरी दिशा में चलने लगी और विले पार्ले के लिए टैक्सी लेकर वहाँ से चली गई। रणबीर अपने विचारों के साथ अकेला खड़ा रहा। वीजे ने एक बार भी मुड़कर नहीं देखा और रणबीर वहाँ सदमे, हैरानी और उलझन से भरा खड़ा रह गया।

□

बहुत देर तक रणबीर को महसूस होता रहा जैसे वह पत्थर हो गया है। फिर उसने थोड़ा पानी पिया और अपनी बाइक स्टार्ट कर दी। वीजे के पीछे दोबारा जाने के बजाय उसने घर जाने का फैसला किया। वह खुद को जताने की कोशिश कर रहा था कि कुछ नहीं हुआ था, या शायद, उसने सोचा, वह एक क्षणभंगुर कल्पना या वीजे के दिमाग की कोई उपज होगी, या शायद बात कुछ भी नहीं होगी। उसने थोड़ी देर इस विचार को आत्मसात् करने की कोशिश की।

लक्ष्य सही था, उसने सोचा। वीजे बहुत हॉट थी। अभी जो हुआ था, क्या उसे उसके लिए खुद से नफरत करनी चाहिए? क्या करना चाहिए उसे?

वह अदा से प्यार करता था और वह नहीं चाहता था ऐसा कुछ हो। उसे उम्मीद थी कि जब वह अदा को ये सब बताएगा तो वह उसे समझेगी। लेकिन वह अदा को क्यों बताएगा? अदा ने तो अपने पुराने प्रेमी के पास वापस जाने से पहले या पता नहीं कितने लोगों के साथ संबंध रखने से पहले उसके बारे में नहीं सोचा। उसने कभी नहीं सोचा। क्या उसका वीजे के पास वापस जाना सही होगा? खुद को आश्वस्त करने की कोशिश करते हुए वह सोचने लगा।

अगर वह वीजे के दरवाजे पर जाकर खड़ा हो जाए और कहे कि वह उसके साथ कुछ समय बिताना चाहता है तो वीजे क्या कहेगी? जितना वह उसे जानता था, वह शायद हाँ ही कहेगी, रणबीर ने सोचा।

रणबीर वीजे के बारे में सोचने लगा। और उसने अपनी कल्पना में उसके साथ प्यार करना शुरू भी कर दिया।

जिस तरह से वीजे ने उसे प्यार किया था, क्या उसमें उसकी कोई उम्मीद थी, जैसे कि वह सच में उसके साथ समय बिताना चाहती थी? वरना वह वापस क्यों लौटी? वह उसे होश में लाने के लिए थप्पड़ भी मार सकती थी।

अजीब बात थी। उसने अपने पिछले संबंधों को इस रोशनी में नहीं देखा था। वह अपने मन में बार-बार उन पलों को दोहरा रहा था, इस एहसास के साथ कि

वह वीजे से ऐसे और पल चाहता था। दूसरी ओर, एक अस्वाभाविक चिंता के साथ उसके मन में विचार आया कि उसे वीजे को प्यार नहीं करने देना चाहिए था। वह क्या कर सकता था? कुछ नहीं। कुछ भी नहीं।

उसी समय अचानक बारिश होने लगी। ट्रैफिक थम गया। आगे बढ़ पाने में असमर्थ रणबीर ने वीजे के फ्लैट की ओर बाइक घुमा ली। ईमानदारी से, वह सबकुछ भूलकर सीधे वीजे के घर जाना चाहता था। रणबीर ने लक्ष्य को कॉल किया तो उसने नहीं उठाया। रणबीर ने अपना मोबाइल उठाया, क्योंकि वो अदा को कॉल करना चाहता था, लेकिन फिर रुक गया, क्योंकि उसे लगा ऐसा करने से उसके आत्मसम्मान को और चोट पहुँचेगी। जब वह वीजे के फ्लैट पर पहुँचा तो उसने देखा, वह कॉफी का मग लिये अपनी बालकनी में बैठी है और कुरसी पर आगे पीछे झूल रही है। नीचे जहाँ वह खड़ा था, वहाँ से हवा और बारिश के कारण इससे ज्यादा देख पाना उसके लिए असंभव था। रणबीर अपनी घबराहट दूर करने की कोशिश करते हुए एक पल वीजे को चुपचाप देखता रहा। उसने देखा कि वीजे फोन उठाकर किसी का नंबर मिला रही है। तभी अचानक उसका मोबाइल वाइब्रेट करने लगा। बारिश में जेब से मोबाइल निकालने में उसे बहुत मुश्किल हो रही थी। उसने एक सुरक्षित दूरी पर अपनी बाइक खड़ी की और यह सोचते हुए जेब से मोबाइल निकाला कि वीजे की कॉल होगी। लेकिन जब उसने ऊपर देखा, तो वीजे पहले से ही किसी से बात कर रही थी और रणबीर के मोबाइल पर पीहू की कॉल थी। लेकिन फोन कट गया और रणबीर ने देखा कि पीहू के चार मिस्ड कॉल्स थी। तभी उसने देखा कि वीजे की बात खत्म हो चुकी है। उसने काँपते हाथों से उसका नंबर मिलाया, लेकिन वीजे ने उसकी कॉल काट दी।

रणबीर के लिए यह बात पचाना मुश्किल था कि जिसने उसे अभी-अभी प्यार किया था, वह उसे अनदेखा कर रही थी। रणबीर जब भी परेशान होता था, जवाब मिलने तक सामने वाले को कॉल करता रहता था। वीजे उसकी आदत से अच्छी तरह परिचित थी, और उसने जानबूझकर अगली पाँच कॉल नहीं ली। अंत में जब उसके लिए बरदाश्त करना असंभव हो गया, तो उसने फोन उठा लिया।

रणबीर ने उसे फोन उठाते हुए देख लिया।

"हे, मुझे होश में लाने के लिए थैंक्स। मैं बस..." रणबीर बात पूरी करता उससे पहले वीजे ने फोन काट दिया। फ्लैट के अंदर जाते हुए उसने अपना मोबाइल बाहर ही छोड़ दिया, जैसे जानबूझकर उसकी कॉल्स से परहेज कर रही हो।

एक बार फोन काटे जाने से रणबीर होश में आ गया और उसे फोन करने के लिए शर्मिंदा महसूस करने लगा। उसने बाइक स्टार्ट कर दी और तभी उसे एहसास हुआ कि उसकी जेब में उसका मोबाइल वाइब्रेट कर रहा था। अचानक बारिश भी तेज हो गई। उसने फिर से बाइक रोक दी और उसे फोन पर एक गंभीर और बेहद तनावग्रस्त आवाज सुनाई दी, आमतौर पर चुलबुली पीहू की आवाज से बहुत अलग।

□

दिमाग उलझा हुआ होने के कारण रणबीर नहीं जानता था, उसने पीहू के कितनी कॉल्स और मैसेज मिस कर दिए थे, लेकिन उनकी संख्या उसे यह समझाने के लिए पर्याप्त थी कि पीहू उससे किसी महत्त्वपूर्ण विषय पर बात करना चाहती थी। पीहू के बोलने का इंतजार करते हुए उसके दिमाग में वो संभावित विषय आने लगे, जिनके बारे में वो बात कर सकती थी। लेकिन पीहू ने काफी देर तक कुछ नहीं कहा, और लगातार रोती रही। मुंबई में हो रही मूसलाधार बारिश और खुद उसके जीवन में कुछ समय पहले आए अनपेक्षित तूफान के बाद, रणबीर किसी और आपदा के लिए तैयार नहीं था।

"तुमने मुझे बहुत लंबा इंतजार कराया, रणबीर। मुझे तुमसे बहुत कहना था," पीहू रोते-रोते बोली।

"मैं सच में माफी चाहता हूँ, पीहू।" कुछ देर रुककर वह फिर बोला, "मैं ड्राइव कर रहा था और मुझे तुम्हारी कॉल का पता नहीं चला।"

"मुझे लगता था सिर्फ तुम ही थे, जिसे मैं किसी भी समय कॉल कर सकती थी, लेकिन तुमने मुझे निराश कर दिया। हर कोई मुझे निराश कर देता है।"

रणबीर को उसके शब्द समझने में कुछ पल लगे और वह चुपचाप बैठा रहा, जबकि पीहू बोलती रही।

"सुनो, मैं जानती हूँ कि मुझसे बात करने के अलावा तुम्हारे पास लाखों काम होंगे, लेकिन मैं उम्मीद करती हूँ कि जब मुझे तुम्हारी वास्तव में जरूरत हो तो तुम मेरी कॉल्स का जवाब दो।"

अगले कुछ पल दोनों में कोई कुछ नहीं बोला। रणबीर ने अपने मोबाइल में चेक किया कि वह अभी भी लाइन पर थी या नहीं।

"हाँ, पीहू, मैं तुम्हारे लिए हमेशा रहूँगा, लेकिन अभी, इस पल में, मैं जानना चाहता हूँ कि क्या हुआ ? कौन सी बात तुम्हें इतना परेशान कर रही है ?"

जवाब में रणबीर को उसकी चुप्पी मिली।

"पीहू, आई ऐम रियली सॉरी, स्वीट्स। मेरी सबसे प्यारी बड़ी को क्या हुआ? क्या कोई दुनिया की सबसे प्यारी लड़की को परेशान कर रहा है?"

उसकी बीच-बीच की हिचकियाँ ये बता रही थीं कि वह धीरे-धीरे सामान्य हो रही थी और रणबीर की बात सुन रही थी।

"या वह अपने सबसे पसंदीदा लेखक को मिस कर रही है? मेरा विश्वास करो, वह तुम्हारे लिए कुछ मील उड़कर आ सकता है, लेकिन अगर वह आया, तो तुम्हें जोर से गले लगाएगा, और हो सकता है बाद में वो थोड़ा शरारती हो जाए।"

"तुम मजाक कर रहे हो न रणबीर?"

"मैं बिल्कुल सच बोल रहा हूँ," उसने स्पष्ट आवाज में कहा। वह जितना उसे जानने लगा था, उतनी ही वह उसे पसंद आने लगी थी, और जब वह कुछ नहीं बोली, तो उसे लगने लगा कि कहीं उसे उसे पीहू से प्यार तो नहीं हो गया था?

"मेरे डैड मुझे मुंबई नहीं आने दे रहे हैं।"

"अच्छा! मुझे तो पता भी नहीं था कि तुम मुंबई आने की योजना बना रही हो।"

"मैं तुम्हें सरप्राइज देना चाहती थी, और फिर मैं तुम्हें बताती तो तुम और ज्यादा हैरान होते और मुझसे वहाँ आने का कारण पूछते," वह रिरियाते हुए बोली।

"अरे छोड़ो, तुम्हें मुंबई में देखने की इच्छा न होने का सवाल ही नहीं पैदा होता। बस मुझे थोड़ा आश्चर्य हो रहा था, वह भी सुखद।"

"मैं नौकरी ढूँढ़ कर फिर से मुंबई में रहना चाहती हूँ।"

"क्या तुम सच में अपना फैमिली बिजनेस छोड़कर नई शुरुआत करना चाहती हो?"

"मैं नई शुरुआत तभी करूँगी, जब तुम्हें यकीन होगा कि तुम मुझे मुंबई में चाहते हो।"

"ये किस तरह का संबंध है?"

"जिस तरह का संबंध हम जीवन में तलाशते हैं।"

रणबीर मुस्कुरा दिया। वह पीहू की मुस्कुराहट के बारे में सोचने लगा। वह जानता था कि हालाँकि जीवन कई बार आसान नहीं होता था, लेकिन पीहू वह लड़की थी, जिसने उसके जीवन को दिलचस्प बना दिया था। वह उसकी तसवीरों की, उसकी चुलबुली बातों की कल्पना करने लगा, और सोचने लगा कि पीहू के साथ देखे जाने पर उसे कितना गर्व महसूस होगा। वह सोच रहा था कि जीवन में

दिलचस्पी वापस पाने के लिए पीहू का मुंबई आना पर्याप्त होगा।

"मैं जानती हूँ ये अचानक हो रहा है, लेकिन मैं मुंबई छोड़कर जाने के बाद से ही वहाँ वापस आने का सोच रही हूँ, लेकिन इससे पहले मैं इतनी निश्चित नहीं थी। अगर मैं अकसर मुंबई आकर तुम्हें परेशान करूँ तो तुम्हें बुरा तो नहीं लगेगा?"

"नहीं, बिल्कुल नहीं लगेगा। वैसे भी मैं इस नीरस जिंदगी से बहुत बोर होने लगा हूँ। हम मिलकर कुछ अच्छा समय बिता सकते हैं।"

"इस समय तो ये सब एक सपने जैसा लग रहा है, लेकिन अच्छा है," उसने निराशा भरे स्वर में कहा। "वो...मेरे डैड को मनाना बहुत मुश्किल है। खास तौर से इस समय, क्योंकि उन्हें लगता है मेरा बार-बार एक्सीडेंट होने की संभावना रहती है। उन्हें लगता है अगर मुझे कुछ हो गया तो वे बिल्कुल अकेले हो जाएँगे," उसने कहा।

"मुझे कहना पड़ेगा कि अगर तुम्हारी मॉम थोड़ी बहुत भी तुम्हारे जैसी हैं, तो वे तुम्हारे डैड को व्यस्त रखेंगी।"

"हाँ, रख सकती थीं। हालाँकि वे मुझसे ज्यादा पागल थीं।"

"मुझे ऐसा क्यों लग रहा है कि तुम मुझे कोई बुरी खबर सुनाने वाली हो?"

"हाँ, एक तरह से। अब तो दो साल हो चुके हैं।"

रणबीर को उसके शब्द समझने में कुछ पल लगे।

"तुमने मुझे कभी बताया नहीं।"

"तुमने कभी पूछा नहीं।"

"ओह हाँ, मुझे माफ करना," यह कहकर वह चुप हो गया। अब, जाहिर है, उसे ये अजीब लग रहा था। उसने पहले कभी ध्यान क्यों नहीं दिया कि वह अपनी माँ के बारे में कभी बात नहीं करती थी।

"परेशान मत हो, यह तुम्हारी गलती नहीं है।"

रणबीर के पास बातचीत को बेहतर बनाने के लिए कुछ नहीं था। वह उसे ये नहीं कह सकता था कि सब ठीक था, क्योंकि ऐसा नहीं था। रणबीर ने अपने परिवार में किसी को नहीं खोया था इसलिए मौत का उल्लेख ही उसे बुरी तरह डरा देता था। मात्र यह विचार कि वह अब कभी उन्हें गले नहीं लगा पाएगा या वह उनकी खाली अलमारियों को कैसे देखेगा, उन पुराने कपड़ों को जिन्हें वे अब कभी नहीं पहनेंगे, या यह अनुभव करने के लिए कि वे कभी उसके पास थे, उनके वीडियो कैसे देखेगा—उसे डरा देता था।